JN206985

リアル鬼ごっこ　ファイナル（下）

江坂 純／著
山田悠介／原案・監修
さくしゃ2／イラスト

★小学館ジュニア文庫★

30世紀《せいき》――
この国《くに》では目立《めだ》った争《あらそ》い事《ごと》や
戦争《せんそう》は起《お》きた例《れい》がなく、
長《なが》い間《あいだ》 平和《へいわ》を保《たも》ってきた。

だがしかし、

第《だい》150代目《だいめ》の王様《おうさま》によって、
平和《へいわ》な日々《ひび》は
終《お》わりを告《つ》げる――

「我《わ》が一族《いちぞく》の姓《せい》《佐藤《さとう》》。
この国《くに》に、同《おな》じ姓《せい》を持《も》つ人間《にんげん》が
たくさんいることが不快《ふかい》だ！」

「《佐藤《さとう》》の姓《せい》は、私《わたし》だけでよい」

「そうだ、鬼《オニ》ごっこをしよう。
鬼《オニ》に捕《つか》まった《佐藤《さとう》》は処刑《しょけい》だ！」

そして七日間《なのかかん》の「リアル鬼《オニ》ごっこ」が
始《はじ》まった――。

「鬼《オニ》に
捕《つか》まると、
殺《ころ》される！
逃《に》げろ!!」

イラスト／wogura
奇《き》跡《せき》
友《ゆう》情《じょう》
絶《ぜつ》望《ぼう》
それから20年《ねん》後《ご》。
再《ふたた》び……
「リアル鬼《オニ》ごっこ」が
始《はじ》まる。

CHARACTER GUIDE

蓮《れん》

Ren

家《いえ》に居場所《いばしょ》がなく、
あまり人《ひと》を信用《しんよう》できない。
絵《え》を描《か》くのが得意《とくい》。
【遊園地《ゆうえんち》】で開催《かいさい》された
「リアル鬼《オニ》ごっこ」の生《い》き残《のこ》り。

蒼《そう》太《た》

Sota

パルクールの世界《せかい》で有名人《ゆうめいじん》。
犬《いぬ》のロンは相棒《あいぼう》。
【無人島《むじんとう》】で開催《かいさい》された
「リアル鬼《オニ》ごっこ」の生《い》き残《のこ》り。

一《いち》葉《は》

Ichiha

大家族《だいかぞく》の長女《ちょうじょ》。
前向《まえむ》きな性格《せいかく》で、
料理《りょうり》や裁縫《さいほう》など器用《きよう》である。
【恋愛《れんあい》】の
「リアル鬼《オニ》ごっこ」の生《い》き残《のこ》り。

REAL ONIGOKKO FINAL PART 2

玲《れ》央《お》

Reo

科学者《かがくしゃ》の両親《りょうしん》を黒幕《くろまく》に殺《ころ》された。
親友《しんゆう》の清人《きよと》を人質《ひとじち》に取《と》られている。
【学校《がっこう》】で開催《かいさい》された
「リアル鬼《オニ》ごっこ」の生《い》き残《のこ》り。

真《ま》里《り》穂《ほ》

Mariho

アイドルのような
見《み》た目《め》であり、
アーチェリーで世界《せかい》1位《い》の
腕《うで》を持《も》つ。
【無人島《むじんとう》】で開催《かいさい》された
「リアル鬼《オニ》ごっこ」の生《い》き残《のこ》り。

花《はな》

Hana

蓮《れん》の生《い》き別《わか》れの妹《いもうと》。
足《あし》が悪《わる》く早《はや》く走《はし》れないが、
観察力《かんさつりょく》と記憶力《きおくりょく》が素晴《すば》らしい。
【遊園地《ゆうえんち》】で開催《かいさい》された
「リアル鬼《オニ》ごっこ」の生《い》き残《のこ》り。

EPISODE.1
エピソード1

リアル鬼《オニ》ごっこファイナル。

鬼《オニ》にタッチされれば、爆弾《ばくだん》を埋《う》め込《こ》んだ首輪《くびわ》が爆発《ばくはつ》して即死亡《そくしぼう》する――そんな過酷《かこく》なゲームの最中《さなか》、追《お》い詰《つ》められた国枝蓮《くにえだれん》たちの前《まえ》に現《あらわ》れたのは、藤堂架《とうどうかける》と名乗《なの》る一人《ひとり》の科学者《かがくしゃ》だった。

自分《じぶん》は蓮《れん》たちの味方《みかた》だと、藤堂《とうどう》は言《い》う。

けれど、突然現《とつぜんあらわ》れた藤堂《とうどう》を、どこまで信用《しんよう》できるのか――。

「俺《おれ》は、君《きみ》たちがこのリアル鬼《オニ》ごっこファイナルを生《い》き延《の》びるための、唯一《ゆいいつ》の希望《きぼう》かもしれないよ？」

藤堂《とうどう》は、駆《か》け引《ひ》きを楽《たの》しむかのように、目《め》を細《ほそ》めて蓮《れん》の方《ほう》を見《み》た。

「希望《きぼう》の救世主《きゅうせいしゅ》か、それとも嘘《うそ》つきの悪魔《あくま》か──君《きみ》の目《め》に、俺《おれ》はどう映《うつ》ってる？　国枝蓮《くにえだれん》くん？」

桐野蒼太《きりのそうた》と浅葉花《あさばはな》は、藤堂《とうどう》を信用《しんよう》してもいいと言《い》っている。杉宮真里穂《すぎみやまりほ》と日渡一葉《ひわたりいちは》はそれに反対《はんたい》している。冴木玲央《さえきれお》は中立《ちゅうりつ》の立場《たちば》だ。

藤堂《とうどう》を信《しん》じるか信《しん》じないか、蓮《れん》の選択《せんたく》で全《すべ》てが決《き》まる。

蓮《れん》は、藤堂《とうどう》の顔《かお》を、迷《まよ》いながらもまっすぐに見《み》つめ返《かえ》した。

藤堂《とうどう》が口《くち》にした言葉《ことば》──『希望《きぼう》』。リアル鬼《オニ》ごっこが始《はじ》まってから、絶望《ぜつぼう》ばかりを味《あじ》わされていた蓮《れん》にとって、その言葉《ことば》はとてもまぶしく感《かん》じられた。

今《いま》のままの俺《おれ》たちでは全滅《ぜんめつ》してしまうと、痛感《つうかん》している。

もっと強《つよ》くなりたい。花《はな》や、他《ほか》のみんなを守《まも》れるくらいに、強《つよ》く。

そのために──俺《おれ》は、手《て》を組《く》むべきなんだろうか。

得体《えたい》の知《し》れない、この男《おとこ》と？

「……俺《おれ》、は……」

空中《くうちゅう》に答《こた》えが浮《う》いているかのように、蓮《れん》はぎこちなく視線《しせん》をさまよわせた。

「……ええ、と……」

乾《かわ》いた唇《くちびる》からもれるのは、うめき声《ごえ》に似《に》た情《なさ》けない声《こえ》ばかりだ。

どうする――どうする――。

冷《ひ》や汗《あせ》をかき、蓮《れん》はその場《ば》に立《た》ち尽《つ》くした。みんなからの視線《しせん》が痛《いた》い。

……いや、なんで俺《おれ》が、こんな責任重大《せきにんじゅうだい》な選択《せんたく》をしなきゃならないんだ？

何《なに》かを決断《けつだん》するのが苦手《にがて》だからこそ、自分《じぶん》の意見《いけん》を言《い》わず最後《さいご》までだまっていたのに、結果的《けっかてき》にすべてを決《き》める役《やく》がまわって来《き》てしまうなんて皮肉《ひにく》がすぎる。

こういうのは、一番苦手《いちばんにがて》だ。だから今《いま》まで、周《まわ》りと馴《な》れ合《あ》わず、一人《ひとり》で気《き》ままに生《い》きてきたのに。

「……………お、俺《おれ》は……」

藤堂《とうどう》を信用《しんよう》するのか、しないのか。

その時《とき》、蓮《れん》の後《うし》ろで、誰《だれ》かが動《うご》く気配《けはい》があった。

振《ふ》り返《かえ》ると、ナナが勢《いきお》いよく階段《かいだん》を駆《か》け上《あ》がっている。

「しまった、ナナ……！」

藤堂《とうどう》が現《あらわ》れてから、ナナはすっかりおびえて、戦意喪失《せんいそうしつ》しているように見《み》えた。しかし、なんとか逃《に》げられないかと、隙《すき》を窺《うかが》っていたのだ。

蓮《れん》はナナを追《お》いかけようと、階段《かいだん》を上《あ》がろうとした。

しかし、それより早《はや》く、藤堂《とうどう》の冷静《れいせい》な声《こえ》がする。

「ナナを追《お》いかけろ」

一瞬《いっしゅん》、自分《じぶん》が言《い》われたのかと思《おも》い、蓮《れん》は足《あし》を止《と》めて振《ふ》り返《かえ》った。

違《ちが》う。藤堂《とうどう》が命令《めいれい》した相手《あいて》は、犬《いぬ》たちだ。

藤堂《とうどう》はかがみこみ、犬《いぬ》たちの鼻先《はなさき》へ、オレンジ色《いろ》の薬《くすり》が入《はい》った試験管《しけんかん》を近《ちか》づけている。

グルルルル……。

犬《いぬ》たちは低《ひく》い声《こえ》でうなると、階段《かいだん》を駆《か》け上《あ》がった。

ぼう然《ぜん》とする蓮《れん》の横《よこ》をすり抜《ぬ》け、猛烈《もうれつ》な勢《いきお》いでナナを追《お》いかけていく。

蓮《れん》もあわてて後《あと》を追《お》うが、とても追《お》いつけない。やがて数秒《すうびょう》も経《た》たないうちに、階段《かいだん》を曲《ま》がった先《さき》からナナの悲鳴《ひめい》が聞《き》こえてきた。

「やめろ！　離《はな》せ！　離《はな》せよぉぉぉぉ！！！」

蓮《れん》が駆《か》け付《つ》けると、犬《いぬ》たちは、ナナを床《ゆか》に押《お》さえつけ、その動《うご》きを完全《かんぜん》に封《ふう》じていた。

ナナは必死《ひっし》にもがいているが、巨大《きょだい》な犬《いぬ》たちに体重《たいじゅう》をかけられては、逃《のが》れることなど到底《とうてい》できない。するどい爪《つめ》が肌《はだ》に食《く》い込《こ》み、ナナは痛《いた》みに顔《かお》をゆがめていた。

(この犬《いぬ》たち……さっきまで、ナナの言《い》うことを聞《き》いてたのに……)

藤堂《とうどう》が試験管《しけんかん》の薬《くすり》を嗅《か》がせた途端《とたん》、犬《いぬ》たちは完全《かんぜん》に藤堂《とうどう》の言《い》いなりになってしまった。

あのオレンジ色《いろ》の薬《くすり》は、相手《あいて》に言《い》うことを聞《き》かせる効果《こうか》があるようだ。

「ねぇ……蓮《れん》……助《たす》けてよぉ……」

ナナは涙声《なみだごえ》で蓮《れん》に訴《うった》えかけた。

「何《なに》を――……なんで、俺《おれ》が、お前《まえ》を助《たす》けるんだよ」

「今《いま》までのことは謝《あやま》るから、お願《ねが》い……!」

犬《いぬ》がぎゅうっとナナの顔《かお》を床《ゆか》に押《お》し付《つ》ける。

ナナは、金色《きんいろ》と青《あお》のオッドアイに涙《なみだ》をいっぱいに浮《う》かべ、まっすぐ蓮《れん》を見《み》つめた。

蓮《れん》の脳内《のうない》に、予選《よせん》での記憶《きおく》がよみがる。本性《ほんしょう》を出《だ》したナナに裏切《うらぎ》られたことではなく、もっと楽《たの》しかったころの思《おも》い出《で》だ。

リアル鬼《オニ》ごっこが始《はじ》まる前《まえ》に、ナナと話《はな》したこと。

何《なに》も知《し》らない蓮《れん》に、ナナがリアル鬼《オニ》ごっこの歴史《れきし》やルールを教《おし》えてくれたこと。

「ねえ、蓮《れん》、痛《いた》いよ……僕《ぼく》、このままじゃ死《し》んじゃうかも……」

「……」

蓮《れん》の胸《むね》に、同情《どうじょう》のような気持《きも》ちがこみ上《あ》げ、そのままナナのオッドアイに釘付《くぎづ》けになって、目《め》が離《はな》せなくなった。

なんだか、頭《あたま》がぼーっとする。

……このままナナが死《し》んだら、嫌《いや》だな。

そうなる前《まえ》に、早《はや》く、助《たす》けてあげなきゃ。

蓮《れん》はナナを助《たす》けるため、ふらっと前《まえ》に一歩《いっぽ》を踏《ふ》み出《だ》した。

その時《とき》だ。

「蓮《れん》、行《い》くな」

低《ひく》く落《お》ち着《つ》いた声《こえ》に呼《よ》び止《と》められ、蓮《れん》はハッとして振《ふ》り返《かえ》った。

そこには、藤堂《とうどう》が立《た》っている。

後《うし》ろには、花《はな》や玲央《れお》、蒼太《そうた》、真里穂《まりほ》、一葉《いちは》の姿《すがた》もあった。

「忘《わす》れたのか？　ナナは視線《しせん》を合《あ》わせた相手《あいて》に催眠術《さいみんじゅつ》をかけ、操《あやつ》ることができる。予選《よせん》で散々《さんざん》、苦《くる》しめられただろ？」

藤堂《とうどう》の言葉《ことば》に、チッ、とナナが舌打《したう》ちする。

「あ……」

そういえばそうだった、と蓮《れん》は今更《いまさら》のように思《おも》い出《だ》した。

ナナの声《こえ》でお願《ねが》いされ、じっと見《み》つめられると、次第《しだい》に頭《あたま》がぼーっとしてきて、言《い》うことを聞《き》かなくてはという気持《きも》ちにさせられるのだ。

「ナナの催眠術《さいみんじゅつ》は未熟《みじゅく》だ。目《め》を見《み》なければかからない。視線《しせん》を合《あ》わさないよう注意《ちゅうい》しろ」

そう言《い》いながら、藤堂《とうどう》はゆっくりとナナに近《ちか》づき、ポケットから液体《えきたい》の入《はい》った試験管《しけんかん》を取《と》り出《だ》した。オレンジ色《いろ》の液体《えきたい》が、ガラスの中《なか》で小《ち》さく揺《ゆ》れている。

「お前《まえ》を殺《ころ》したりしないよ、ナナ。大事《だいじ》な俺《おれ》の作品《さくひん》だ」

「ふざけるなよ、藤堂《とうどう》！　僕《ぼく》や僕《ぼく》の兄弟《きょうだい》たちが、どれだけお前《まえ》に苦《くる》しめられたと思《おも》ってるんだ!!」

ナナが、感情《かんじょう》をむき出《だ》しにして叫《さけ》ぶ。

藤堂《とうどう》はしゃがみこむと、ナナの鼻先《はなさき》に試験管《しけんかん》を持《も》っていった。

「……ッ！　やめろ！　それを僕《ぼく》に近《ちか》づけるな!!」

「ナナ」

顔《かお》をそむけようとするナナの両頬《りょうほほ》をつかみ、藤堂《とうどう》は無理《むり》やり薬《くすり》を嗅《か》がせた。

「おやすみ。このリアル鬼《オニ》ごっこが終《お》わるまで」

するとナナは、まるで糸《いと》が切《き》れた人形《にんぎょう》のように、コテッとその場《ば》に倒《たお》れ込《こ》んでしまった。

蓮《れん》がおそるおそるのぞきこむと、すうすうと寝息《ねいき》を立《た》てながら、完全《かんぜん》に眠《ねむ》り込《こ》んでいる。

藤堂《とうどう》が「おやすみ」と声《こえ》をかけただけで、本当《ほんとう》に寝《ね》てしまったのだ。

この藤堂《とうどう》って男《おとこ》は、何者《なにもの》なんだ？

蓮《れん》は、あらためて藤堂《とうどう》の顔《かお》を見《み》つめた。あのオレンジ色《いろ》の薬《くすり》は、犬《いぬ》だけでなく、ナナにも有効《ゆうこう》に働《はたら》いた。ということは、蓮《れん》や花《はな》たちにも効《き》くのかもしれない。

つまり藤堂《とうどう》は、蓮《れん》たちをも操《あやつ》れるかもしれないということだ。

蓮《れん》はとっさに、バッと自分《じぶん》の鼻《はな》を手《て》で覆《おお》った。

それを見《み》て、藤堂《とうどう》が苦笑《にがわら》いする。

「君《きみ》たちに、この薬《くすり》は使《つか》わないよ。俺《おれ》の命令《めいれい》を聞《き》くんじゃなくて、もっと自発的《じはってき》に動《うご》いてもらわないと、この先《さき》、ファイナルを終《お》わらせることはできないからね」

「……あなた、ナナくんと、どういう関係《かんけい》なの？」

花《はな》が静《しず》かに口《くち》を挟《はさ》む。

蒼太《そうた》、玲央《れお》、真里穂《まりほ》、そして一葉《いちは》も、それぞれが探《さぐ》るような視線《しせん》を藤堂《とうどう》へと向《む》けていた。

「その薬《くすり》を嗅《か》ぐと、あなたの言葉《ことば》に従《したが》うようになるのね。それって、ナナくんが予選《よせん》で使《つか》った催眠術《さいみんじゅつ》に似《に》てる。どうして、ナナくんが予選《よせん》で催眠術《さいみんじゅつ》を使《つか》ったことを知《し》ってたの？」

藤堂《とうどう》は軽《かる》く肩《かた》をすくめた。

「そりゃあ知《し》ってるよ。君《きみ》たちの予選《よせん》は、モニターでずっと見《み》てたし……そもそも、ナナに催眠術《さいみんじゅつ》を授《さず》けたのは俺《おれ》なんだから」

蒼太《そうた》と真里穂《まりほ》、そして一葉《いちは》は、藤堂《とうどう》の言葉《ことば》に息《いき》をのんだ。

玲央《れお》だけが冷静《れいせい》な表情《ひょうじょう》のまま、一歩前《いっぽまえ》に出《で》て、藤堂《とうどう》に問《と》いかける。

「あなたは……何者《なにもの》なんですか？」

藤堂《とうどう》は一瞬《いっしゅん》視線《しせん》をそらし、深《ふか》い息《いき》をついた。

「そうだね。玲央《れお》――君《きみ》には、すべて話《はな》すよ。他《ほか》のみんなも聞《き》いていてくれ。俺《おれ》が今《いま》まで、杞紗《きさ》と一緒《いっしょ》に何《なに》をしてきたのか」

藤堂《とうどう》は階段《かいだん》にゆっくりと腰《こし》を下《お》ろした。

犬《いぬ》たちが近寄《ちかよ》って来《き》て、藤堂《とうどう》のすぐそばに丸《まる》まり、膝《ひざ》に鼻先《はなさき》をこすりつける。犬《いぬ》たちを撫《な》でてやりながら、藤堂《とうどう》は静《しず》かに語《かた》り始《はじ》めた。


二十年前《にじゅうねんまえ》。

俺《おれ》はアメリカの大学《だいがく》で、生物学《せいぶつがく》の研究《けんきゅう》をしていた。

そんなある日《ひ》、一人《ひとり》の日本人《にほんじん》が、俺《おれ》のもとを訪《たず》ねてきたんだ。

水色《みずいろ》の髪《かみ》を長《なが》く伸《の》ばした、女性《じょせい》みたいな外見《がいけん》の男《おとこ》だった。彼《かれ》は自分《じぶん》のことを「王様《おうさま》に仕《つか》えた大臣一族《だいじんいちぞく》の生《い》き残《のこ》りだ」と言《い》った。

驚《おどろ》いたよ。日本《にほん》の王様《おうさま》が行《おこな》った初代《しょだい》リアル鬼《オニ》ごっこのことは、アメリカでも大《おお》きなニュースになっていたからね。オッドアイの王様《おうさま》が、「この国《くに》には佐藤《さとう》が多《おお》すぎる！」と宣言《せんげん》して、佐藤《さとう》という苗字《みょうじ》の人間《にんげん》と鬼《オニ》ごっこを始《はじ》めたって。たった一人《ひとり》、リアル鬼《オニ》ごっこを勝《か》ち抜《ぬ》いた佐藤翼《さとうつばさ》という少年《しょうねん》が、最後《さいご》にその王様《おうさま》を銃殺《じゅうさつ》し、リアル鬼《オニ》ごっこは終《お》わった。そして王政《おうせい》は崩壊《ほうかい》し、日本《にほん》は平和《へいわ》になった——。

でも、王様《おうさま》に仕《つか》えた大臣《だいじん》の一族《いちぞく》がいたなんて、聞《き》いたことがなかった。

「我《われ》らは歴史《れきし》から抹消《まっしょう》された」

男《おとこ》は、そう言《い》っていた。

王政《おうせい》の崩壊《ほうかい》と共《とも》に、いなかったことにされたって。だけど本当《ほんとう》は、日本各地《にほんかくち》に離散《りさん》して、細々《ほそぼそ》と生《い》き残《のこ》っていたんだ。

男《おとこ》は、一族《いちぞく》の復権《ふっけん》を願《ねが》い、秘密裏《ひみつり》に活動《かつどう》していた。

だから、生物学《せいぶつがく》の研究《けんきゅう》で成果《せいか》をあげつつあった俺《おれ》の噂《うわさ》を聞《き》き、わざわざアメリカまで訪《たず》ねてきたんだ。

「資金《しきん》はある。設備《せつび》も用意《ようい》する。だから、どうか、我々《われわれ》に力《ちから》を貸《か》してほしい」

そう言《い》って男《おとこ》は、俺《おれ》に小箱《こばこ》を差《さ》し出《だ》した。

中《なか》には、水色《みずいろ》の髪《かみ》が一束《ひとたば》、入《はい》っていた。
処刑《しょけい》された大臣《だいじん》――「杞紗《きさ》」の髪《かみ》だ。

「髪《かみ》の毛《け》？」

蓮《れん》は目《め》を軽《かる》く見開《みひら》いて、驚《おどろ》いた。

「えー、気持《きも》ちわるい」と真里穂《まりほ》は顔《かお》をしかめ、一葉《いちは》も「そんなものもらって、どうするの？」と不思議《ふしぎ》そうに首《くび》をかしげている。

「クローンをつくる材料《ざいりょう》にしたのよ」

花《はな》の言葉《ことば》に、蓮《れん》はさらに驚《おどろ》いた。

「クローン……。髪《かみ》の毛《け》からつくれるのか？」

不可能《ふかのう》ではないはずだよ、と答《こた》えたのは、玲央《れお》だった。

「人《ひと》の毛根《もうこん》には、その人《ひと》のDNA《ディーエヌエー》情報《じょうほう》が含《ふく》まれる。上手《うま》く採取《さいしゅ》できれば……」

「そう。男《おとこ》は、処刑《しょけい》された杞紗《きさ》のクローンをつくるよう、俺《おれ》に要求《ようきゅう》したんだ」

藤堂《とうどう》が淡々《たんたん》と言《い》った。

「あなたは……その要求《ようきゅう》をのんだの？」

花《はな》が藤堂《とうどう》に問《と》いかける。

藤堂《とうどう》は「ああ」とうなずくと、淡々《たんたん》とした口調《くちょう》で話《はなし》を続《つづ》けた。


俺《おれ》は、大学《だいがく》での研究《けんきゅう》に、行《い》き詰《づ》まりを感《かん》じていた。

生物《せいぶつ》のDNA《ディーエヌエー》を採取《さいしゅ》してクローンをつくる技術《ぎじゅつ》は、理論上《りろんじょう》、ほとんど完成《かんせい》させていた。

でもそれを実行《じっこう》に移《うつ》すことはできない。生物《せいぶつ》のコピーをつくることは、生命《せいめい》を冒涜《ぼうとく》する行為《こうい》だとみなされるからだ。

人類《じんるい》の未来《みらい》を変《か》えるかもしれない、素晴《すば》らしい理論《りろん》と技術《ぎじゅつ》が目《め》の前《まえ》にあるのに、それを実行《じっこう》できない。

俺《おれ》にはそれが、歯《は》がゆくて仕方《しかた》がなかった。

思《おも》い悩《なや》み、研究者《けんきゅうしゃ》を辞《や》めることさえ考《かんが》えていた。

そんな俺《おれ》の前《まえ》に現《あらわ》れたのが、大臣《だいじん》の一族《いちぞく》の生《い》き残《のこ》りだという、水色《みずいろ》の髪《かみ》の男《おとこ》だ。彼《かれ》に協力《きょうりょく》すれば、好《す》きなだけクローンをつくらせてもらえる。実験《じっけん》も研究《けんきゅう》も、やりたい放題《ほうだい》だ。

彼《かれ》らが、何《なに》かよからぬことをたくらんでいることは、わかっていた。

それでも、俺《おれ》は彼《かれ》らを拒絶《きょぜつ》できなかった。好《す》きなだけ自分《じぶん》の研究《けんきゅう》をするという、その欲《よく》望《ぼう》に、抗《あらが》えなかった。

俺《おれ》は大臣《だいじん》の一族《いちぞく》のもとで研究《けんきゅう》を続《つづ》けた。

大学《だいがく》とは比《くら》べ物《もの》にならないくらいに、資金《しきん》は潤沢《じゅんたく》だった。研究《けんきゅう》に必要《ひつよう》な物《もの》なら、望《のぞ》めばなんでも手《て》に入《はい》った。

研究《けんきゅう》に熱中《ねっちゅう》する日々《ひび》が、何年《なんねん》も何年《なんねん》も続《つづ》いたよ。

もちろん、最初《さいしょ》は上手《うま》くいかなかった。理論上《りろんじょう》は成立《せいりつ》していても、実際《じっさい》に取《と》りかかってみると、予想外《よそうがい》のことがたびたび起《お》きる。だけど失敗《しっぱい》を繰《く》り返《かえ》しながら少《すこ》しずつ改善《かいぜん》していった。その過程《かてい》で、出来損《できそこ》ないのクローンをいくつつくったんだろうな。生《う》まれた瞬間《しゅんかん》から不完全《ふかんぜん》な身体《からだ》に苦《くる》しんで、たいていは数時間《すうじかん》で死《し》んでいった。それを見《み》ても何《なに》も感《かん》じ

なかったよ。次《つぎ》はもっとこうしてみようとか、あれがよくなかったのかもしれないとか、
そんなことばかり考《かんが》えていた。

出来損《できそこ》ないのクローン。

その姿《すがた》を想像《そうぞう》して、蓮《れん》はぞくりと背筋《せすじ》を凍《こお》らせた。

他《ほか》のみんなも、顔《かお》をしかめている。

「ヤバ……ただのマッドサイエンティストじゃん」と、真里穂《まりほ》。

「ていうか、相手《あいて》が何《なに》か悪《わる》いことをたくらんでるって察《さっ》してたのに、それでも協力《きょうりょく》するのがありえない」と、一葉《いちは》。

「研究《けんきゅう》ができればなんだっていいなんて、最低《さいてい》だと思《おも》う」と、花《はな》。

女子《じょし》たちにズバズバ言《い》われ、藤堂《とうどう》は肩《かた》を落《お》としてうなだれた。

「だよね。今《いま》では本当《ほんとう》に後悔《こうかい》してる。最低《さいてい》なことをしたと思《おも》ってるよ。だけど当時《とうじ》は……自分《じぶん》の研究《けんきゅう》を続《つづ》けることが、俺《おれ》には何《なに》より重要《じゅうよう》だったんだ」

そう言《い》って深《ふか》いため息《いき》をつく藤堂《とうどう》の表情《ひょうじょう》に、嘘《うそ》はないように見《み》えた。少《すく》なくとも、蓮《れん》はそう思《おも》った。

藤堂《とうどう》は、後悔《こうかい》をにじませた表情《ひょうじょう》で、再《ふたた》び口《くち》を開《ひら》いた。


大臣《だいじん》の一族《いちぞく》のもとで研究《けんきゅう》に没頭《ぼっとう》するようになって、長《なが》い時間《じかん》が過《す》ぎた。

そして俺《おれ》はとうとう、大臣《だいじん》だった女性《じょせい》のクローンをつくることに成功《せいこう》したんだ。

彼女《かのじょ》には、オリジナルと同《おな》じく、杞紗《きさ》という名前《なまえ》が与《あた》えられた。

大臣一族《だいじんいちぞく》の喜《よろこ》びようといったらなかったよ。

何《なに》しろ杞紗《きさ》は、オリジナルの思想《しそう》を忠実《ちゅうじつ》に受《う》け継《つ》いでいた。初代《しょだい》リアル鬼《オニ》ごっこを行《おこな》った王様《おうさま》を、生《う》まれながらに熱烈《ねつれつ》に信奉《しんぽう》していたんだ。

今《いま》の日本《にほん》は間違《まちが》っている。

杞紗《きさ》はそう断言《だんげん》した。

私《わたし》たちを迫害《はくがい》し、離散寸前《りさんすんぜん》まで追《お》い込《こ》んだ日本《にほん》を許《ゆる》すことはできない。王様《おうさま》が支配《しはい》していたころの、平和《へいわ》だった日本《にほん》を取《と》り戻《もど》さなくてはならない。佐藤翼《さとうつばさ》に殺《ころ》されてしまった王様《おうさま》に代《か》わり、私《わたし》たちが、再《ふたた》び日本《にほん》を支配《しはい》しよう。

杞紗《きさ》をリーダーにして、大臣一族《だいじんいちぞく》は、再《ふたた》び日本《にほん》を牛耳《ぎゅうじ》る計画《けいかく》を練《ね》り始《はじ》めた。

その第一歩《だいいっぽ》が、「リアル鬼《オニ》ごっこ」の復活《ふっかつ》だ。

国民《こくみん》を恐怖《きょうふ》に陥《おとしい》れて、再《ふたた》び日本《にほん》を支配《しはい》する——その実行役《じっこうやく》として、今度《こんど》は、死《し》んだ王様《おうさま》のクローンを大量《たいりょう》につくることになった。

俺《おれ》は杞紗《きさ》に求《もと》められるがまま、王様《おうさま》のクローンを大量生産《たいりょうせいさん》した。

杞紗《きさ》と大臣《だいじん》の一族《いちぞく》は、日本《にほん》の転覆《てんぷく》をたくらむテロリストだ。そのことがハッキリしても、俺《おれ》は彼《かれ》らに協力《きょうりょく》し続《つづ》けた。クローンの研究《けんきゅう》ができるなら、なんでもよかったんだ。

完成《かんせい》した王様《おうさま》のクローンたちには、順番《じゅんばん》に数字《すうじ》を振《ふ》り、それにちなんだ名前《なまえ》をつけた。すでに杞紗《きさ》という成功例《せいこうれい》があったけど、それでも最初《さいしょ》は失敗作《しっぱいさく》が多《おお》かったな。ナナの前《まえ》につくったゴーとロク、それから直後《ちょくご》につくったハチとキュウは、全部《ぜんぶ》だめだった。生《い》き残《のこ》ったのはナナだけだ。同時期《どうじき》に生《う》まれた兄弟《きょうだい》がどんどん死《し》んでいくのを見《み》るたびに、ナナは傷《きず》つき、人間《にんげん》を憎《にく》むようになった。

それは杞紗《きさ》にとって好都合《こうつごう》だったはずだ。その憎《にく》しみが深《ふか》くなるほど、多《おお》くの人間《にんげん》を苦《くる》しめる残酷《ざんこく》なリアル鬼《オニ》ごっこを企画《きかく》してくれるはずだからね。

やがて成長《せいちょう》したナナは、俺《おれ》のところに相談《そうだん》に来《く》るようになった。より残酷《ざんこく》なリアル鬼《オニ》ごっこを行《おこな》うためには、どうしたらいいかと。俺《おれ》はナナに、催眠術《さいみんじゅつ》を習得《しゅうとく》したらどうかと提《てい》案《あん》した。他人《たにん》を意《い》のままに操《あやつ》れるようになれば、リアル鬼《オニ》ごっこを自分《じぶん》の思《おも》い通《どお》りに進《すす》めることができるはずだから、と。

こうして俺《おれ》とナナは、催眠術《さいみんじゅつ》の研究《けんきゅう》を始《はじ》めた。そうして完成《かんせい》したのが、このオレンジ色《いろ》の薬《くすり》だ。これと同《おな》じ成分《せいぶん》を、ナナの目《め》の奥《おく》にも注射《ちゅうしゃ》してある。ナナが視線《しせん》で他人《たにん》を操《あやつ》ることができるのは、この薬《くすり》の効果《こうか》なんだ。

蓮《れん》――君《きみ》は予選《よせん》で、ナナを塔《とう》から突《つ》き落《お》としただろ。それなのに、どうしてナナは生《い》きていたのか？　それは、ナナが最後《さいご》に催眠術《さいみんじゅつ》を使《つか》ったからだ。自分《じぶん》は死《し》んだように見《み》せかけ、実《じつ》は大怪我《おおけが》を負《お》いながらも生《い》き延《の》びていた。そして杞紗《きさ》に保護《ほご》され、今日《きょう》のファイナルで君《きみ》に復讐《ふくしゅう》するつもりでいたんだ。

この薬《くすり》は、とても強力《きょうりょく》だ。自分《じぶん》に暗示《あんじ》をかけ、自然《しぜん》の理《ことわり》すら時《とき》に曲《ま》げることができる。

薬《くすり》が完成《かんせい》して、ナナが最初《さいしょ》にしたことがわかるか？

彼《かれ》は――まず自分《じぶん》に、催眠術《さいみんじゅつ》をかけたんだ。

僕《ぼく》は年《とし》を取《と》らない。ずっと、永遠《えいえん》に、無邪気《むじゃき》な子《こ》どものままだと。

彼《かれ》がどうしてそんなことをしたのか、俺《おれ》にはわからない。だけど、あいつの頭《あたま》の中《なか》には、きっと死《し》んでいった兄弟《きょうだい》のことがあったんじゃないかな。兄弟《きょうだい》たちは生《う》まれてすぐに死《し》んでしまったのに、生《い》き延《の》びたナナだけは年《とし》を取《と》り続《つづ》け、外見《がいけん》も変化《へんか》して大人《おとな》になっていく。ナナはそのことに罪悪感《ざいあくかん》を覚《おぼ》えて、自分《じぶん》の時間《じかん》を止《と》めることにしたのかもしれない。

自分《じぶん》は永遠《えいえん》に子《こ》どもだと、自分自身《じぶんじしん》に信《しん》じさせる――そんな高度《こうど》な催眠術《さいみんじゅつ》も、この薬《くすり》があれば簡単《かんたん》にかけられる。ナナは本当《ほんとう》は、スウジと同《おな》い年《どし》の十七歳《じゅうななさい》。だけど、とてもそうは見《み》えないだろう？


「スウジ……」

その名前《なまえ》が出《で》てきた途端《とたん》、蒼太《そうた》の表情《ひょうじょう》が険《けわ》しくなった。

「藤堂《とうどう》――お前《まえ》、王様《おうさま》のクローンを『つくった』って言《い》ってたよな？　スウジもお前《まえ》がつくったのか？」

「そうだよ。彼《かれ》とは結構仲《けっこうなか》がよくて、色々《いろいろ》な相談《そうだん》にものっていた」

藤堂《とうどう》があっさりと言《い》う。

「……スウジは日本中《にほんじゅう》から犬《いぬ》を集《あつ》めてきて、人間《にんげん》を追《お》いかける『鬼《オニ》』に改造《かいぞう》しようとしていた。それも、お前《まえ》の差《さ》し金《がね》だったってことか？」

「そうだね。もとはといえば俺《おれ》が、スウジに薦《すす》めたんだ。犬《いぬ》を使《つか》ってリアル鬼《オニ》ごっこをやるのはどうかって。彼《かれ》は、動物《どうぶつ》が好《す》きだったから」

「ロンがさらわれたのも、お前《まえ》のせいか」

蒼太《そうた》の声《こえ》は、低《ひく》く震《ふる》えていた。だが、心配《しんぱい》した蓮《れん》が蒼太《そうた》の様子《ようす》を窺《うかが》うと、その表情《ひょうじょう》は驚《おどろ》くほど冷静《れいせい》だった。

「そうだったね。君《きみ》は、飼《か》い犬《いぬ》のロンを、『鬼《オニ》』に改造《かいぞう》された。予選《よせん》でロンと再会《さいかい》したと聞《き》いたけど……ロンは、今《いま》どこにいるの？」

藤堂《とうどう》の質問《しつもん》に、蒼太《そうた》は「はぐれた」と短《みじか》く答《こた》えた。

「鬼《オニ》に襲《おそ》われた時《とき》で、バラバラになっちゃったの。この渋谷《しぶや》のどこかにいるはずだけど」

と、真里穂《まりほ》が補足《ほそく》する。

「そうか。鬼《オニ》は参加者《さんかしゃ》しか襲《おそ》わないから、きっと無事《ぶじ》でいるだろうけど……」

藤堂《とうどう》は犬《いぬ》たちの頭《あたま》を順番《じゅんばん》に撫《な》でてやりながら続《つづ》けた。

「こいつらは、人間《にんげん》を追《お》いかけ、噛《か》み殺《ころ》せる力《ちから》を持《も》った生物兵器《せいぶつへいき》だ。だけどリアル鬼《オニ》ごっこが終《お》われば、もとの犬《いぬ》の姿《すがた》に戻《もど》れる。そういうふうにつくった。このリアル鬼《オニ》ごっこさえ終《お》われば、ロンも普通《ふつう》の犬《いぬ》に戻《もど》れるはずだ」

「他人事《ひとごと》みたいに言《い》うなよ。お前《まえ》は杞紗側《きさがわ》の人間《にんげん》だろ」

蒼太《そうた》が、怒《いか》りを抑《おさ》えきれずに怒鳴《どな》った。

「いや——今《いま》は違《ちが》う」

藤堂《とうどう》は、少《すこ》し目《め》を細《ほそ》めると、玲央《れお》の方《ほう》へ視線《しせん》を移《うつ》した。

「玲央《れお》。君《きみ》の両親《りょうしん》が死《し》んだことを知《し》って、俺《おれ》は杞紗《きさ》から離反《りはん》したんだ」

藤堂《とうどう》は話《はなし》を続《つづ》けた。

俺《おれ》がクローンをつくる理論《りろん》を完成《かんせい》させることができたのは、ある科学者夫妻《かがくしゃふさい》が発表《はっぴょう》した論文《ろんぶん》のおかげだった。

その科学者《かがくしゃ》は、生物学《せいぶつがく》——特《とく》にゲノム編集技術《へんしゅうぎじゅつ》の研究《けんきゅう》で、大《おお》きな成果《せいか》をあげていた。名前《なまえ》は、冴木玲太《さえきれいた》と冴木奈央《さえきなお》。

玲央《れお》、君《きみ》の両親《りょうしん》だ。

研究《けんきゅう》を進《すす》めるうちに、俺《おれ》はどうしても彼《かれ》らの助《たす》けを借《か》りたくなった。そのことを大臣一族《だいじんいちぞく》に相談《そうだん》すると、彼《かれ》らはすぐに、冴木夫妻《さえきふさい》にコンタクトを取《と》ってくれた。

数日後《すうじつご》、俺《おれ》は彼《かれ》らから、一枚《いちまい》の記録《きろく》ディスクを受《う》け取《と》った。「冴木夫妻《さえきふさい》は多忙《たぼう》を理由《りゆう》に、協力《きょうりょく》を断《ことわ》った。しかし、我々《われわれ》の研究《けんきゅう》には理解《りかい》を示《しめ》し、役《やく》に立《た》ちそうな研究《けんきゅう》データを提供《ていきょう》してくれた」と——そう説明《せつめい》された。

記録《きろく》ディスクに入《はい》っていた冴木夫妻《さえきふさい》の研究《けんきゅう》データは、俺《おれ》の研究《けんきゅう》に大《おお》いに役《やく》に立《た》った。あれのおかげで、効率的《こうりつてき》にクローンを生産《せいさん》することができるようになったんだ。それからは王様《おうさま》だけでなく、杞紗《きさ》のクローンも、たくさんつくらされたよ。

彼《かれ》らは、俺《おれ》の憧《あこが》れの研究者《けんきゅうしゃ》だった。半年後《はんとしご》、冴木夫妻《さえきふさい》が事故《じこ》で亡《な》くなったと連中《れんちゅう》に聞《き》かされた時《とき》は、本当《ほんとう》に落《お》ち込《こ》んだよ。

……そんな目《め》でにらむなよ、玲央《れお》。俺《おれ》は知《し》らなかったんだ。大臣一族《だいじんいちぞく》が嘘《うそ》をついているなんて。

真実《しんじつ》に気《き》づいたのは、ほんの一《いっ》か月前《げつまえ》。予選《よせん》の参加者名簿《さんかしゃめいぼ》に、君《きみ》の名前《なまえ》を見《み》つけた時《とき》だよ。君《きみ》の玲央《れお》という名前《なまえ》は、ご両親《りょうしん》の名前《なまえ》から一文字《ひともじ》ずつ取《と》って名付《なづ》けられたものだろう。冴木夫妻《さえきふさい》の息子《むすこ》だと、すぐにわかった。

子《こ》どもがいるなんて知《し》らなかったからうれしかったけど、同時《どうじ》に疑問《ぎもん》もわいた。何故《なぜ》彼《かれ》らの子《こ》が、リアル鬼《オニ》ごっこに参加《さんか》しているのか、とね。

それで、当時《とうじ》のことを調《しら》べて……やっと気《き》づいたんだ。冴木夫妻《さえきふさい》は協力《きょうりょく》を拒《こば》み、口封《くちふう》じのために殺《ころ》されたんだと。

俺《おれ》が受《う》け取《と》った研究《けんきゅう》データは、冴木夫妻《さえきふさい》の研究室《けんきゅうしつ》から盗《ぬす》まれたものだった。

そのことを知《し》った時《とき》、俺《おれ》はもうこれ以上《いじょう》、リアル鬼《オニ》ごっこに協力《きょうりょく》できないと思《おも》った。研《けん》究《きゅう》に目《め》がくらんで、リアル鬼《オニ》ごっこなんてバカげたゲームに協力《きょうりょく》してしまったことが悔《く》やまれて仕方《しかた》がなかった。

今更《いまさら》こんなことを言《い》って、ムシがよすぎると思《おも》われるかもしれない。でも——俺《おれ》は、リアル鬼《オニ》ごっこを止《と》めたいんだ。せめてそれくらいしなければ、亡《な》くなった冴木夫妻《さえきふさい》に顔向《かおむ》けできないんだよ。


「最初《さいしょ》につくられたクローンの個体《こたい》——ファーストクローンの杞紗《きさ》が黒幕《くろまく》なんだよな？　居場所《いばしょ》はわかってるのか？」

それが、藤堂《とうどう》の長《なが》い話《はなし》を聞《き》いた玲央《れお》の、第一声《だいいっせい》だった。

うつむいていた藤堂《とうどう》は、のろのろと顔《かお》を上《あ》げ、意外《いがい》そうに玲央《れお》を見《み》た。

「俺《おれ》を責《せ》めないのか？　俺《おれ》が冴木夫妻《さえきふさい》に協力《きょうりょく》を仰《あお》ぎたいなんて言《い》いださなければ、彼《かれ》らは殺《ころ》されることなんてなかったかもしれないのに」

玲央《れお》はわずかに眉《まゆ》をひそめた。

その時《とき》、ほんの一瞬《いっしゅん》だけ、彼《かれ》の瞳《ひとみ》の奥《おく》に憎《にく》しみのような感情《かんじょう》が横切《よこぎ》った。蓮《れん》はその変化《へんか》を見逃《みのが》さなかった。しかし、玲央《れお》はすぐに平静《へいせい》を取《と》り戻《もど》し、冷静《れいせい》な口調《くちょう》で言《い》った。

「誰《だれ》が悪《わる》いとか悪《わる》くないとか、そんな話《はなし》はしたくない。色々《いろいろ》なことをまともに考《かんが》え出《だ》したら、あなたを憎《にく》まずにはいられなくなるかもしれない。でも今《いま》は、そんな余裕《よゆう》はないんだ。このリアル鬼《オニ》ごっこを生《い》き延《の》びて、杞紗《きさ》を止《と》めないと。彼女《かのじょ》はリアル鬼《オニ》ごっこを復活《ふっかつ》させて、日本《にほん》を恐怖《きょうふ》に陥《おとしい》れようとしている。そんなことは許《ゆる》せない。彼女《かのじょ》を止《と》めるためなら……たとえあなたが、杞紗《きさ》に加担《かたん》していた悪人《あくにん》だとしても、僕《ぼく》は手《て》を組《く》むよ」

そう言《い》いながら、玲央《れお》はさりげなく、蒼太《そうた》の顔《かお》を見《み》た。二人《ふたり》の視線《しせん》が、一瞬《いっしゅん》だけ交錯《こうさく》する。しかし、玲央《れお》を拒絶《きょぜつ》するかのように、蒼太《そうた》はふっと顔《かお》をそむけてしまった。

「玲央《れお》さん、本当《ほんとう》にそれでいいんですか？」

花《はな》が、遠慮《えんりょ》がちに問《と》いかける。

「この人《ひと》、玲央《れお》さんのご両親《りょうしん》が亡《な》くなる原因《げんいん》をつくったんですよね。私《わたし》が玲央《れお》さんなら、きっと許《ゆる》せないと思《おも》う…」

うん、と一葉《いちは》もうなずいた。

「私《わたし》、さっきの話《はなし》を聞《き》いて、今《いま》の藤堂《とうどう》さんは信用《しんよう》できるかもしれないって思《おも》った。この人《ひと》が、ナナや犬《いぬ》たちに襲《おそ》われていた私《わたし》たちを助《たす》けてくれたのは事実《じじつ》だし、頼《たよ》れるなら頼《たよ》りたい。でも、玲央《れお》の気持《きも》ちが一番大事《いちばんだいじ》だから、無理《むり》して気持《きも》ちを押《お》し殺《ころ》すようなことはしてほしくないよ」

玲央《れお》はしばらく沈黙《ちんもく》すると、やがて決心《けっしん》したように、息《いき》を吐《は》き出《だ》した。

「今《いま》の僕《ぼく》の一番《いちばん》の望《のぞ》みは、杞紗《きさ》を止《と》めて日本《にほん》を救《すく》うことだ。そのために、できることはなんでもしたい」

藤堂《とうどう》の方《ほう》をまっすぐに見据《みす》える。

「あなたを信用《しんよう》するかどうか、その答《こた》えを僕《ぼく》は保留《ほりゅう》にしてた。でも今《いま》、決《き》めました。心《こころ》から信《しん》じたわけじゃないけど……あなたと手《て》を組《く》みます」

その言葉《ことば》に、藤堂《とうどう》の表情《ひょうじょう》がほんのりとやわらいだ。

「うれしいよ。ありがとう」

「じゃあ、藤堂《とうどう》さんと手《て》を組《く》むってことで……真里穂《まりほ》も、それでいい？　さっきは、藤堂《とうどう》さんを信用《しんよう》できないって言《い》ってたけど」

一葉《いちは》に聞《き》かれ、真里穂《まりほ》は「うん」とうなずいた。

「玲央《れお》がそうするって決《き》めたなら、それでいいよ。私《わたし》は玲央《れお》を信頼《しんらい》してるから、玲央《れお》がもし藤堂《とうどう》を殺《ころ》して復讐《ふくしゅう》したいって言《い》うなら、協力《きょうりょく》する。でも、玲央《れお》がそうしないことを選《えら》んだのなら、意思《いし》を尊重《そんちょう》するよ」

「ありがとう」

玲央《れお》は真里穂《まりほ》と目《め》を合《あ》わせてうなずくと、視線《しせん》を藤堂《とうどう》に移《うつ》した。

「僕《ぼく》たちはあなたと手《て》を組《く》む。そう決《き》めたからには、杞紗《きさ》の居場所《いばしょ》を教《おし》えてくれますよね？」

「あぁ」

藤堂《とうどう》はうなずくと、階段《かいだん》の踊《おど》り場《ば》に作《つく》りつけられた小《ちい》さな窓《まど》から、外《そと》を指《ゆび》さした。

「渋谷《しぶや》コクーンビルディング。あのビルの最上階《さいじょうかい》に、杞紗《きさ》はいる」

「初代《しょだい》リアル鬼《オニ》ごっこを始《はじ》めた王様《おうさま》の、居城《きょじょう》の跡地《あとち》に建《た》てられた高層《こうそう》ビルですね。確《たし》か、今《いま》は政府所有《せいふしょゆう》になっていたはず」

「よく知《し》ってるな」

「リアル鬼《オニ》ごっこに参加《さんか》する前《まえ》に、政府所有《せいふしょゆう》の建物《たてもの》については一通《ひととお》り調《しら》べましたから」

蓮《れん》は、窓《まど》の外《そと》に目《め》を向《む》けた。

四角《しかく》い窓枠《まどわく》に切《き》り取《と》られた渋谷《しぶや》の街並《まちな》みの中《なか》に、渋谷《しぶや》コクーンビルディングはそびえていた。その外壁《がいへき》は、白《しろ》い網目状《あみめじょう》の装飾《そうしょく》に覆《おお》われている。英語《えいご》で「繭《まゆ》」を意味《いみ》する「コクーン」という名前《なまえ》がついている通《とお》り、まるで白《しろ》い繭《まゆ》に包《つつ》まれているかのような外観《がいかん》だ。

「杞紗《きさ》を止《と》めるために——これを使《つか》ってくれ」

そう言《い》うと藤堂《とうどう》は、ポケットから無造作《むぞうさ》に、次々《つぎつぎ》と試験管《しけんかん》を取《と》り出《だ》した。どの試験管《しけんかん》の中《なか》にも、犬《いぬ》たちに嗅《か》がせていたのと同《おな》じ、オレンジ色《いろ》の液体《えきたい》が入《はい》っている。

「この薬《くすり》は、ナナと催眠術《さいみんじゅつ》の研究《けんきゅう》を進《すす》める過程《かてい》で偶発的《ぐうはつてき》にできたものだ。さっき見《み》せた通《とお》り、嗅《か》いだものの意思《いし》を操《あやつ》ることができる。役《やく》に立《た》つと思《おも》うよ」

「杞紗《きさ》には効《き》かないって、あなたさっき言《い》ってたけど……」

花《はな》の言葉《ことば》に、藤堂《とうどう》は「ああ」とうなずいた。

「ファーストクローンの杞紗《きさ》には効《き》かない。抗体《こうたい》を注射《ちゅうしゃ》しているからね。でも、他《ほか》のクローンたちには有効《ゆうこう》だ」

試験管《しけんかん》は、全部《ぜんぶ》で六本《ろっぽん》ある。

藤堂《とうどう》はそのうちの一本《いっぽん》を、蓮《れん》の方《ほう》へと差《さ》し出《だ》した。

本当《ほんとう》にこのまま受《う》け取《と》っていいものか、蓮《れん》は少《すこ》し悩《なや》んだ。

藤堂《とうどう》の話《はなし》は、以前《いぜん》玲央《れお》から聞《き》いた話《はなし》とも一致《いっち》していて、筋《すじ》が通《とお》っている。でも彼《かれ》は最近《さいきん》まで杞紗《きさ》のそばにいて、クローンをつくり出《だ》していたのだ。この恐怖《きょうふ》のゲームに関《かか》わっていたくせに、後悔《こうかい》しているからと急《きゅう》に味方《みかた》のような顔《かお》をされても、信用《しんよう》はできない。

「……あんたの言《い》い分《ぶん》って、俺《おれ》たちに全部《ぜんぶ》を押《お》し付《つ》けてるように感《かん》じるんだけど」

蓮《れん》が言《い》うと、藤堂《とうどう》は「そうだね」と苦笑《にがわら》いした。

その時《とき》、蒼太《そうた》の乾《かわ》いた声《こえ》が響《ひび》いた。

「そもそも、なんであんたは、自分《じぶん》で殺《や》らないの？」

蓮《れん》はぎょっとして、蒼太《そうた》の方《ほう》へ顔《かお》を向《む》けた。

蒼太《そうた》は無表情《むひょうじょう》のまま、淡々《たんたん》と続《つづ》ける。

「よくわかんないんだけどさ……あんた、憧《あこが》れの科学者夫婦《かがくしゃふうふ》を殺《ころ》されて、悔《くや》しかったんだろ？　で、杞紗《きさ》を止《と》めたいと思《おも》ってる。じゃあ俺《おれ》たちにわざわざ接触《せっしょく》したりしないで、自《じ》分《ぶん》で杞紗《きさ》を殺《ころ》せばいいじゃん。俺《おれ》なら絶対《ぜったい》に、そうするけど」

「蒼太《そうた》？　大丈夫《だいじょうぶ》？」

真里穂《まりほ》が心配《しんぱい》そうに顔《かお》をのぞきこんだ。

「何《なに》が」

「いや、なんか……様子《ようす》がおかしい気《き》がして。ちょっと、怖《こわ》いっていうか」

「別《べつ》に。普通《ふつう》だよ」

そう言《い》うと、蒼太《そうた》は自分《じぶん》の質問《しつもん》への答《こた》えを求《もと》めて、藤堂《とうどう》の方《ほう》を見《み》た。

藤堂《とうどう》は、真正面《ましょうめん》から蒼太《そうた》と視線《しせん》を合《あ》わせ、口《くち》を開《ひら》く。

「俺《おれ》が杞紗《きさ》に、直接手《ちょくせつて》を出《だ》すことは、まだできない。リアル鬼《オニ》ごっこファイナルに部外者《ぶがいしゃ》が侵入《しんにゅう》していることがバレたら、彼女《かのじょ》の性格上《せいかくじょう》、参加者《さんかしゃ》の首《くび》の爆弾《ばくだん》を爆発《ばくはつ》させてゲームをリセットする可能性《かのうせい》が高《たか》いからね」

蓮《れん》はぞっとして、自分《じぶん》の首輪《くびわ》に手《て》をやった。首輪《くびわ》についた爆弾《ばくだん》の存在《そんざい》を思《おも》い出《だ》し、全身《ぜんしん》に冷《つめ》たい汗《あせ》がにじむ。

「『まだ』できないって、どういうこと？」と、一葉《いちは》。

「君《きみ》たちが全員死《ぜんいんし》んだら、首《くび》の爆弾《ばくだん》のことなんてもう気《き》にしなくていいだろう？　そしたら自分《じぶん》で杞紗《きさ》を止《と》めるよ」

つまり、藤堂《とうどう》が直接《ちょくせつ》杞紗《きさ》に手《て》を下《くだ》さないのは、蓮《れん》たちの命《いのち》を守《まも》るためということだ。

蓮《れん》はじっとりと汗《あせ》をかき、爆弾《ばくだん》のついた首輪《くびわ》を撫《な》でた。

全員《ぜんいん》死《し》んだら、なんて――コイツ、なんてこと言《い》うんだ……。

「わかった。……その薬《くすり》、早《はや》くくれよ」

蓮《れん》は藤堂《とうどう》に片手《かたて》を突《つ》き出《だ》した。

藤堂《とうどう》が試験管《しけんかん》を差《さ》し出《だ》す。

蓮《れん》は試験管《しけんかん》の底《そこ》に溜《た》まった液体《えきたい》をじっと見《み》つめた。オレンジ色《いろ》の薬《くすり》が不気味《ぶきみ》に輝《かがや》き、生《い》き物《もの》のように小《ちい》さく揺《ゆ》れている。わずかな量《りょう》のこの薬《くすり》が、自分《じぶん》の命《いのち》を救《すく》ってくれるかもしれない。そう思《おも》うと、頼《たの》もしいような、心《こころ》もとないような、不思議《ふしぎ》な気持《きも》ちだった。

「君《きみ》たち六人《ろくにん》なら、きっと杞紗《きさ》に勝《か》てるんじゃないかと思《おも》う」

藤堂《とうどう》はそう言《い》いながら、玲央《れお》、蒼太《そうた》、真里穂《まりほ》、花《はな》、そして一葉《いちは》にも、一本《いっぽん》ずつ試験管《しけんかん》を手渡《てわた》した。

「人《ひと》が死《し》ぬところはあまり見《み》たくないんだ。頑張《がんば》ってね」

アリフレナイファイナル
下
JUN ESAKA + YUSUKE YAMADA + SAKUSHA2

リアル鬼
REAL ONIGOKKO
FINAL PART 2

蓮《れん》たちに試験管《しけんかん》を託《たく》すと、藤堂《とうどう》はナナを担《かつ》ぎ上《あ》げ、犬《いぬ》たちを引《ひ》き連《つ》れて、去《さ》って行《い》ってしまった。

「長居《ながい》して接触《せっしょく》したことを杞紗《きさ》に知《し》られれば、君《きみ》たちの安全《あんぜん》があやうくなるからね。君《きみ》たちを信《しん》じているよ」

と、言《い》い残《のこ》して。

「これ、本当《ほんとう》に効《き》くのかな……」

もらった試験管《しけんかん》の薬《くすり》を見《み》ながら、真里穂《まりほ》がつぶやくように言《い》う。

薬《くすり》の効果《こうか》については、蓮《れん》も正直《しょうじき》、半信半疑《はんしんはんぎ》のままだった。

でも、ちょっと使《つか》ってみる——わけにもいかないよな。

「お兄《にい》ちゃん」

花《はな》に呼《よ》ばれ、顔《かお》を向《む》けると、急《きゅう》にオレンジ色《いろ》の液体《えきたい》が目《め》の前《まえ》に突《つ》き出《だ》された。

ふわっと、花《はな》の蜜《みつ》に似《に》た不思議《ふしぎ》なにおいが香《かお》った途端《とたん》、頭《あたま》がぼーっとなった。

「お兄《にい》ちゃん。猫《ねこ》の真似《まね》してくれる？」

花《はな》の声《こえ》が、優《やさ》しく鼓膜《こまく》に響《ひび》く。

あぁ……花《はな》が俺《おれ》に、猫《ねこ》の真似《まね》を要求《ようきゅう》してる……早《はや》くやらなきゃ……。

蓮《れん》は、猫《ねこ》が顔《かお》を拭《ふ》くように、手《て》をグーにして顔《かお》をこすった。そして甲高《かんだか》い声《こえ》で、ニャー、と鳴《な》いてみせる。

俺《おれ》は今《いま》、猫《ねこ》……猫《ねこ》……。

猫《ねこ》……。

……。

じゃ、ないだろ!!

ハッと気《き》づくと、そこはビルの中《なか》の階段《かいだん》だ。花《はな》や他《ほか》のみんなが、まじまじと蓮《れん》の方《ほう》を見《み》ている。

「え……俺《おれ》、今《いま》、何《なに》を……」

「すごい効《き》き目《め》。ちょっと嗅《か》いだだけなのに、あのお兄《にい》ちゃんが、まさか猫《ねこ》の真似《まね》をするなんて」と、花《はな》。

「効《き》き目《め》には個体差《こたいさ》があるのかもしれないね」と、玲央《れお》。

「蓮《れん》、猫《ねこ》の真似《まね》が上手《じょうず》なんだね～」と、一葉《いちは》。

薬《くすり》の実験台《じっけんだい》にされたことに気《き》づき、蓮《れん》は一気《いっき》に顔《かお》が熱《あつ》くなった。

「は、花《はな》～……！　俺《おれ》で試《ため》すなよ……！」

「えへへ、ごめんね」

花《はな》がやんわりと笑《わら》う。

「薬《くすり》の効果《こうか》がわかったところで——これからどうする？　杞紗《きさ》は渋谷《しぶや》コクーンビルディングにいるって話《はなし》だけど」

一葉《いちは》が、みんなの顔《かお》を見《み》まわして聞《き》いた。

「その情報《じょうほう》を信《しん》じて、渋谷《しぶや》コクーンビルディングに行《い》ってみる？　この薬《くすり》で信用《しんよう》させて、わなを仕掛《しか》けてる可能性《かのうせい》もあると思《おも》うけど」

「一葉《いちは》はどう思《おも》う？」と玲央《れお》が質問《しつもん》で返《かえ》した。

「私《わたし》は……行《い》ってみたい。藤堂《とうどう》さんは胡散臭《うさんくさ》い人《ひと》だけど、杞紗《きさ》を裏切《うらぎ》っていることは間違《まちが》いないと思《おも》う」

一葉《いちは》の言葉《ことば》に「私《わたし》も同《おな》じ意見《いけん》」と真里穂《まりほ》が同調《どうちょう》する。

すると玲央《れお》も「うん」とうなずいた。

「僕《ぼく》もそう思《おも》う。杞紗《きさ》はこれまで、リアル鬼《オニ》ごっこにルールを作《つく》り、その中《なか》で戦《たたか》ってきた。それが彼女《かのじょ》のこだわりだ。藤堂《とうどう》さんを使《つか》ってわざと僕《ぼく》たちをおびき寄《よ》せるような真似《まね》はしないはず」

「じゃあ、夜《よ》が明《あ》けたら渋谷《しぶや》コクーンビルディングに向《む》かうってことでいいね」

そう言《い》うと、蒼太《そうた》は先《さき》に立《た》って階段《かいだん》を上《あ》がり始《はじ》めた。

「もうそんなに時間《じかん》がないけど、朝《あさ》まで順番《じゅんばん》に仮眠《かみん》しよう。少《すこ》しでも体力《たいりょく》を回復《かいふく》させた方《ほう》がいいよ」

最上階《さいじょうかい》のオフィスに戻《もど》ると、蒼太《そうた》の提案通《ていあんどお》り順番《じゅんばん》に仮眠《かみん》を取《と》ることにした。

最初《さいしょ》の見張《みは》りは、蒼太《そうた》が引《ひ》き受《う》けてくれた。

仮眠室《かみんしつ》のベッドは怪我《けが》をしている玲央《れお》と真里穂《まりほ》に譲《ゆず》り、蓮《れん》と花《はな》、そして一葉《いちは》はカーペットフロアに直接横《ちょくせつよこ》になった。

備品室《びひんしつ》にあったタオルにくるまり、目《め》を閉《と》じる。

こんな状態《じょうたい》で眠《ねむ》れるだろうかと、蓮《れん》は心配《しんぱい》だった。しかし、目《め》を閉《と》じると、すぐに眠《ねむ》りに落《お》ちた。

そう、蓮《れん》は疲《つか》れきっていた。

自力《じりき》では起《お》きられないほどに。

どれくらい眠《ねむ》ってしまったのか、ハッと目《め》を覚《さ》まして身体《からだ》を起《お》こすと、薄明《うすあ》かりが部屋《へや》の中《なか》に差《さ》し込《こ》んでいるのが目《め》に入《はい》った。

「……朝《あさ》!?」

隣《となり》では、一葉《いちは》と花《はな》が、身《み》を寄《よ》せ合《あ》うようにしてくーくー寝息《ねいき》を立《た》てている。

あわてて窓際《まどぎわ》に走《はし》って行《い》くと、柱《はしら》にもたれるようにして、蒼太《そうた》が座《すわ》っていた。

「蒼太《そうた》！　ごめん！　俺《おれ》、寝《ね》ちゃってたんだけど……！」

「ああ、いいよ。俺《おれ》、別《べつ》に眠《ねむ》くなかったから」

「え……」

蒼太《そうた》はすくっと立《た》ち上《あ》がると、隈《くま》のできた目《め》を、朝《あさ》の光《ひかり》が差《さ》し込《こ》む街並《まちな》みへと向《む》けた。

「ずっと考《かんが》え事《ごと》してて、全然《ぜんぜん》眠《ねむ》くならなかったんだ。朝《あさ》になってたのも気《き》づかなかった。みんなを起《お》こして、そろそろ出発《しゅっぱつ》の準備《じゅんび》をしよう」

蒼太《そうた》は夜通《よどお》し、何《なに》を考《かんが》えていたのだろう。

予選《よせん》で友達《ともだち》になったというスウジのことか、はぐれてしまったロンのことか。

気《き》になったけれど、蓮《れん》は蒼太《そうた》に聞《き》けなかった。

それを聞《き》いたら、蒼太《そうた》の心《こころ》に踏《ふ》み込《こ》みすぎてしまう気《き》がした。


蓮《れん》たちは、長《なが》い階段《かいだん》を下《お》りてヒカリエを出《で》ると、渋谷《しぶや》コクーンビルディングに向《む》かって薄暗《うすぐら》い街《まち》を歩《ある》き始《はじ》めた。

朝《あさ》の冷《つめ》たい空気《くうき》が肌《はだ》に触《ふ》れ、否《いや》が応《おう》でも緊張感《きんちょうかん》が高《たか》まる。いつどこから鬼《オニ》が飛《と》び出《だ》してくるかわからないという状況《じょうきょう》に変《か》わりはないが、それでも蓮《れん》の気持《きも》ちは、昨日《きのう》よりもずっと前向《まえむ》きだった。

杞紗《きさ》の居場所《いばしょ》ははっきりしたし、藤堂《とうどう》からは強力《きょうりょく》な武器《ぶき》をもらえたからだ。

「玲央《れお》、足《あし》、大丈夫《だいじょうぶ》？」

一葉《いちは》が心配《しんぱい》そうに聞《き》く。

玲央《れお》は、昨日《きのう》の怪我《けが》の影響《えいきょう》で、まだ少《すこ》し足《あし》を引《ひ》きずっていた。

「昨日《きのう》よりだいぶいいよ。だけどまだ走《はし》るのは無理《むり》そうだな」

「大丈夫《だいじょうぶ》！　鬼《オニ》が出《で》てきたら、私《わたし》がおんぶして逃《に》げるから！」

真里穂《まりほ》が明《あか》るく言《い》うのを聞《き》いて、蓮《れん》は「いや、真里穂《まりほ》も一応《いちおう》ケガ人《にん》……」と口《くち》を挟《はさ》む。

「もう元気《げんき》。それに蓮《れん》より私《わたし》の方《ほう》が大《おお》きいじゃん」

「いや、まあ……そうなんだけど」

インドア派《は》で絵《え》を描《か》くのが好《す》きな蓮《れん》は、同年代《どうねんだい》の男性《だんせい》に比《くら》べ、小柄《こがら》で細身《ほそみ》な体型《たいけい》をしている。一方《いっぽう》、真里穂《まりほ》は、身長《しんちょう》が高《たか》くがっしりとしたアスリート体型《たいけい》だ。確《たし》かに真里穂《まりほ》が背《せ》負《お》った方《ほう》が早《はや》いかもしれないが、それではなんとなく、自分《じぶん》が情《なさ》けない気《き》がした。

二人《ふたり》のやり取《と》りを聞《き》いていた花《はな》が、やわらかく微笑《ほほえ》む。

「真里穂《まりほ》さんが玲央《れお》さんをおんぶするなら、真里穂《まりほ》さんのアーチェリーの道具《どうぐ》は私《わたし》が持《も》つね」

みんな頼《たの》もしいなあ、と玲央《れお》が苦笑《にがわら》いを浮《う》かべる。

玲央《れお》に合《あ》わせて歩《ある》きつつ、冗談交《じょうだんま》じりに会話《かいわ》を交《か》わしながら、それぞれが周《まわ》りを警戒《けいかい》していた。

いつもは賑《にぎ》やかな渋谷《しぶや》の街《まち》も、静《しず》まり返《かえ》って不気味《ぶきみ》な雰囲気《ふんいき》だ。高層《こうそう》ビルの影《かげ》が重《かさ》なって、街全体《まちぜんたい》が灰色《はいいろ》のベールに包《つつ》まれたように沈《しず》み込《こ》んでいる。蓮《れん》たちの足音《あしおと》がアスファルトに響《ひび》くたびに、その静《しず》けさがさらに際立《きわだ》った。

ガタン！

背後《はいご》で物音《ものおと》が聞《き》こえて、蓮《れん》は足《あし》を止《と》めた。

緊張《きんちょう》して振《ふ》り返《かえ》るが、そこには誰《だれ》もいない。通《とお》り過《す》ぎた蓮《れん》に反応《はんのう》したのか、路面《ろめん》の文房具店《ぶんぼうぐてん》の自動《じどう》ドアがゆっくりと閉《し》まろうとしているだけだ。

……自動《じどう》ドア？

蓮《れん》は首《くび》をかしげた。

変《へん》だ。このゲームの間《あいだ》、渋谷《しぶや》には電気《でんき》が通《とお》っていないはず。駅《えき》の電光掲示板《でんこうけいじばん》やネオンサインはみんな消《き》えていたし、百貨店《ひゃっかてん》やオフィスビルの電気《でんき》もつかなかった。

このドアは自動《じどう》ドアじゃない。

誰《だれ》かが開《あ》けた。

そのことに気《き》づいた瞬間《しゅんかん》、心臓《しんぞう》がぎゅっと縮《ちぢ》み上《あ》がった。

ドアの向《む》こうには誰《だれ》もいない。

風《かぜ》がビルの間《あいだ》を通《とお》り抜《ぬ》ける音《おと》が、かすかに耳《みみ》に届《とど》くだけだ。

「みんな、気《き》をつけろ」

蓮《れん》の言葉《ことば》に、全員《ぜんいん》がぴたりと足《あし》を止《と》めた。

「鬼《オニ》がすぐそばにいる」

みんなの顔《かお》に緊張《きんちょう》が走《はし》る。真里穂《まりほ》は宣言通《せんげんどお》り、いざとなったら玲央《れお》を背負《せお》って逃《に》げるつもりらしく、玲央《れお》の肩《かた》をつかんでぐっと自分《じぶん》の方《ほう》へ引《ひ》き寄《よ》せた。

ドクン、ドクン——。

蓮《れん》の心臓《しんぞう》が、激《はげ》しく鼓動《こどう》し始《はじ》める。その時《とき》、文房具店《ぶんぼうぐてん》の前《まえ》に立《た》っていた花《はな》の後《うし》ろから、にゅっと白《しろ》い手《て》が伸《の》びてきた。

杞紗《きさ》のクローンだ。

「花《はな》ちゃん！」

「危《あぶ》ない！」

蓮《れん》と真里穂《まりほ》の叫《さけ》び声《ごえ》が重《かさ》なる。

クローンの手《て》が花《はな》に触《ふ》れようとするその瞬間《しゅんかん》、玲央《れお》が身《み》を投《な》げ出《だ》して体当《たいあ》たりした。

クローンは大《おお》きく身体《からだ》をよろめかせたが、怯《ひる》むことなくすぐに体勢《たいせい》を整《ととの》えた。一方《いっぽう》、玲《れ》央《お》は勢《いきお》い余《あま》ってアスファルトの上《うえ》に倒《たお》れ込《こ》んでしまう。足《あし》を怪我《けが》していてすぐには起《お》き上《あ》がれない玲央《れお》のもとへ、真里穂《まりほ》がさっと走《はし》って行《い》って肩《かた》を貸《か》した。

「は――なちゃんっっ！　今《いま》タッチしてあげるからねえええ！！！」

杞紗《きさ》のクローンは髪《かみ》を振《ふ》り乱《みだ》し、金切《かなき》り声《ごえ》で叫《さけ》びながら、再《ふたた》び花《はな》に向《む》かって手《て》を伸《の》ばした。

「花《はな》ちゃんの首輪《くびわ》、今《いま》すぐ爆発《ばくはつ》させてあげるからね――!!」

「花《はな》！　こっち！」

一葉《いちは》が花《はな》の手《て》を引《ひ》きながら、文房具店《ぶんぼうぐてん》の中《なか》へと逃《に》げ込《こ》んでいく。

杞紗《きさ》のクローンが後《あと》を追《お》って店《みせ》の中《なか》へ飛《と》び込《こ》もうとすると、上《うえ》から看板《かんばん》が落《お》ちてきて、出入《でい》り口《ぐち》をふさいだ。

「は⁉　何《なに》これ⁉」

見上《みあ》げると、二階《にかい》のガラス窓《まど》に足《あし》をかけるようにして、蒼太《そうた》が壁《かべ》に張《は》り付《つ》いている。

パルクールを駆使《くし》して壁《かべ》をよじのぼり、クローンが店《みせ》の中《なか》に入《はい》って来《く》るタイミングに合《あ》わせて看板《かんばん》を落《お》としたようだ。

「……最悪《さいあく》」

顔《かお》をゆがめてつぶやくと、杞紗《きさ》のクローンはすぐさま踵《きびす》を返《かえ》し、まだ路上《ろじょう》にいた玲央《れお》と真里穂《まりほ》の方《ほう》へと走《はし》った。

しかし、真里穂《まりほ》はすでにアーチェリーの弓《ゆみ》を引《ひ》き絞《しぼ》っている。

ヒュッ！

発射《はっしゃ》された矢《や》は、クローンには当《あ》たらなかった。

距離《きょり》が近《ちか》すぎて、狙《ねら》いを定《さだ》める余裕《よゆう》がなかったのだ。

クローンはニヤリと口《くち》の端《はし》をゆがめ、真里穂《まりほ》ではなく、その隣《となり》にいる玲央《れお》に向《む》かって手《て》を伸《の》ばした。

「はい、ターッチ!!」

「玲央《れお》！」

蓮《れん》はとっさに飛《と》び出《だ》して、杞紗《きさ》のクローンに足払《あしばら》いをかけた。

杞紗《きさ》のクローンが、身体《からだ》を大《おお》きくよろめかせ、後《うし》ろ向《む》きに倒《たお》れていく。

薬《くすり》を嗅《か》がせるなら、今《いま》しかない……！

蓮《れん》はポケットから、藤堂《とうどう》にもらった試験管《しけんかん》を出《だ》した。クローンの顔《かお》に向《む》けて、オレンジ色《いろ》の薬《くすり》を突《つ》き出《だ》す。

杞紗《きさ》のクローンと蓮《れん》の目《め》が合《あ》う。クローンはそのまま路上《ろじょう》にしりもちをつき、衝撃《しょうげき》で大《おお》きく息《いき》を吸《す》い込《こ》んだ。

吸《す》った……!!

これで杞紗《きさ》のクローンは、蓮《れん》の思《おも》い通《どお》りに動《うご》く――はずが。

「蓮《れん》く～うん……！」

クローンはニタッと目《め》を細《ほそ》めると、すぐさま立《た》ち上《あ》がり、今度《こんど》は蓮《れん》に向《む》かって手《て》を伸《の》ばしてきた。

「え⁉　なんで⁉　なんで効《き》かないいんだ⁉」

「蓮《れん》！　フタ！　閉《し》まってる！」

「あっ」

真里穂《まりほ》の言葉《ことば》にハッとして、蓮《れん》はあたふたと試験管《しけんかん》のフタを弾《はじ》き飛《と》ばした。

そして杞紗《きさ》のクローンの手《て》をかわしながら、その顔《かお》に向《む》けて試験管《しけんかん》をバッと近《ちか》づける。

「杞紗《きさ》！　動《うご》くな‼」

ビシャッ！

勢《いきお》い余《あま》って、オレンジ色《いろ》の薬《くすり》が飛《と》び出《だ》し、クローンの顔面《がんめん》にかかった。

「………」

杞紗《きさ》のクローンが、うなだれて沈黙《ちんもく》する。

蓮《れん》は後《あと》ずさりながら、ゴクリと生唾《なまつば》をのんでクローンの様子《ようす》を窺《うかが》った。

杞紗《きさ》のクローンは何《なに》も言《い》わない。動《うご》かない。

今度《こんど》こそ、薬《くすり》が効《き》いたのだろうか？

「……俺《おれ》たちから離《はな》れろ。ゲームが終《お》わるまで、近《ちか》づくな」

おそるおそる命令《めいれい》してみると、杞紗《きさ》のクローンはゆっくりと顔《かお》を上《あ》げた。

生気《せいき》のない目《め》が、蓮《れん》を見《み》つめ、ゆっくりと歩《ある》き出《だ》す。

タッチされるのではないかと、蓮《れん》は一瞬《いっしゅん》ぎくりとしたが、杞紗《きさ》のクローンは蓮《れん》の横《よこ》を素《す》通《どお》りして、そのままどこかへ歩《ある》いて行《い》ってしまった。

「蓮《れん》の言《い》うことを……聞《き》いた……」

一葉《いちは》がぼう然《ぜん》とつぶやく。

蓮《れん》は手《て》の中《なか》の試験管《しけんかん》を見《み》つめた。

すごいな、これ……ちゃんと鬼《オニ》に効《き》いた……。

しかし、中身《なかみ》をぶちまけてしまったので、試験管《しけんかん》の中《なか》の薬《くすり》は空《から》っぽだった。


「もー、蓮《れん》。もらった次《つぎ》の日《ひ》に全部《ぜんぶ》使《つか》っちゃうとか、小学生《しょうがくせい》のお小遣《こづか》いじゃないんだから」

「ていうか、フタ開《あ》けるの忘《わす》れるとか、いくらなんでもあせりすぎだよ」

渋谷《しぶや》コクーンビルディングに向《む》かう道《みち》すがら、一葉《いちは》と真里穂《まりほ》から口々《くちぐち》に言《い》われ、蓮《れん》は返《かえ》す言葉《ことば》がなかった。

せっかく強力《きょうりょく》な薬《くすり》をもらったのに、たった一回《いっかい》の鬼《オニ》との遭遇《そうぐう》で、すべて使《つか》い切《き》ってしまうなんて……。

がっくりと肩《かた》を落《お》とす蓮《れん》を見《み》て、一葉《いちは》と真里穂《まりほ》は言《い》いすぎたと思《おも》ったのか、

「まあ、薬《くすり》はまだあと五本分《ごほんぶん》あるしね？」

「みんなで固《かた》まってれば大丈夫《だいじょうぶ》だって！」

と、急《きゅう》にフォローを始《はじ》めた。

仲間《なかま》に気《き》を遣《つか》わせている自分《じぶん》が、蓮《れん》はますます情《なさ》けなくなってしまう。

「いや。薬《くすり》をこぼしたのは俺《おれ》のミスだし。自分《じぶん》でなんとかする」

「こんな薬《くすり》に頼《たよ》らなきゃいけないのも、今《いま》だけだよ」

玲央《れお》はそう言《い》いながら、立《た》ち並《なら》んだビルの向《む》こう側《がわ》に見《み》えている、ひときわ大《おお》きな高層《こうそう》ビルをにらんだ。杞紗《きさ》のいる、渋谷《しぶや》コクーンビルディングだ。

「ファーストクローンの杞紗《きさ》——彼女《かのじょ》さえ倒《たお》せば、もうこんなゲームは終《お》わる。そうしたら、薬《くすり》なんて必要《ひつよう》なくなるさ」

ビルの外壁《がいへき》は、曇《くも》り空《ぞら》を反射《はんしゃ》してにぶく輝《かがや》いている。その冷《つめ》たい外観《がいかん》が、蓮《れん》たちの決意《けつい》をさらに強《つよ》くした。

あそこで、すべてを終《お》わらせる。

蓮《れん》はすうっと軽《かる》く息《いき》を吸《す》い、渋谷《しぶや》コクーンビルディングに向《む》かって、再《ふたた》び歩《ある》き出《だ》した。

その時《とき》——。

突如《とつじょ》として、男《おとこ》の声《こえ》が響《ひび》いた。

「はい、ター——ッチ！！」

路地《ろじ》から飛《と》び出《だ》してきた鬼《オニ》が、蓮《れん》に向《む》かって手《て》を伸《の》ばす。

青《あお》と金色《きんいろ》のオッドアイの青年《せいねん》——王様《おうさま》のクローンだ。

蓮《れん》はとっさに後《うし》ろに跳《と》び退《すさ》り、「逃《に》げろ！」とみんなに向《む》かって叫《さけ》んだ。

ドクンドクンと心臓《しんぞう》が早鐘《はやがね》のように鳴《な》る。

鬼《オニ》は素早《すばや》く距離《きょり》を詰《つ》め、再《ふたた》び手《て》を伸《の》ばしてくる。その指先《ゆびさき》が、わずかに蓮《れん》の肩《かた》をかすめそうになった。

（こいつ、速《はや》い……！）

足《あし》の悪《わる》い花《はな》や、怪我《けが》をしている玲央《れお》が狙《ねら》われたら、タッチされてしまうかもしれない。

二人《ふたり》を守《まも》るためには自分《じぶん》が囮《おとり》になるしかないと、蓮《れん》は瞬時《しゅんじ》に判断《はんだん》した。

「みんな、先《さき》に逃《に》げてくれ！」

そう声《こえ》をかける。

目《め》が合《あ》った蒼太《そうた》は、一瞬躊躇《いっしゅんちゅうちょ》したようだったがすぐに蓮《れん》の意図《いと》を察《さっ》して、花《はな》を抱《だ》き上《あ》げて走《はし》り出《だ》した。

玲央《れお》は真里穂《まりほ》に援護《えんご》されながら、すでに走《はし》り出《だ》している。

よし……それでいい。あとは俺《おれ》が、この鬼《オニ》をなんとかするだけだ……。

蓮《れん》はじりじりと、鬼《オニ》とにらみ合《あ》う。

すると背後《はいご》で女《おんな》の声《こえ》がした。

「蓮《れん》くーん、みーつけた!!　タッチー!!」

驚《おどろ》いて振《ふ》り返《かえ》ると、今度《こんど》は杞紗《きさ》のクローンが、蓮《れん》に向《む》かって走《はし》って来《く》る。

マジか、挟《はさ》まれた……！

あわてて逃《に》げようとする蓮《れん》の前《まえ》に、一葉《いちは》が飛《と》び出《だ》した。

「ねえ！　先《さき》に私《わたし》と遊《あそ》ぼうよ！」

杞紗《きさ》のクローンに向《む》かってそう声《こえ》をかけると、一葉《いちは》はタッと走《はし》り出《だ》した。

「ほら、ここまでおいでー！」

「一葉《いちは》ちゃんっっ!!　わかった!!　あなたからタッチしてあげるね！！！」

うれしそうに叫《さけ》ぶと、杞紗《きさ》のクローンは一葉《いちは》を追《お》いかけ始《はじ》めた。

一葉《いちは》は、鬼《オニ》を引《ひ》きつけて、蓮《れん》を守《まも》ってくれたのだ。

だが、目《め》の前《まえ》にはまだ、もう一人《ひとり》の鬼《オニ》がいる。こっちの鬼《オニ》は蓮《れん》が対処《たいしょ》しなければならない。

「……タッチできるもんなら！　タッチしてみろよ!!」

一葉《いちは》を真似《まね》て、頑張《がんば》って鬼《オニ》を煽《あお》りながら、蓮《れん》はダッと走《はし》り出《だ》した。

走《はし》るたびに髪《かみ》が逆立《さかだ》ち、心臓《しんぞう》の鼓動《こどう》がますます大《おお》きく高鳴《たかな》る。

みんなを守《まも》らなきゃ——そう強《つよ》く思《おも》うほど、蓮《れん》はさらに加速《かそく》した。

路地《ろじ》から路地《ろじ》へと飛《と》び込《こ》み、息《いき》が荒《あら》くなりながらも、一直線《いっちょくせん》に走《はし》り続《つづ》ける。

しかし、鬼《オニ》は蓮《れん》の背中《せなか》にぴたりと張《は》り付《つ》いたまま、しっかりついて来《き》ている。

(このままじゃ、いつか追《お》いつかれる——イチかバチか……!)

蓮《れん》は、近《ちか》くにあった雑居《ざっきょ》ビルの外階段《そとかいだん》を、駆《か》け上《あ》がった。

鬼《オニ》もすぐさま蓮《れん》を追《お》いかけて、カンカンカンと階段《かいだん》を上《のぼ》って来《く》る。

最上階《さいじょうかい》の四階《よんかい》まで来《く》ると、蓮《れん》は階段《かいだん》の手《て》すりの上《うえ》によじのぼった。

目《め》の前《まえ》には、隣《となり》の雑居《ざっきょ》ビルの壁《かべ》がある。

(蒼太《そうた》なら軽々《かるがる》、飛《と》び移《うつ》れるんだろうけど……俺《おれ》にできるか……?)

今更《いまさら》不安《ふあん》がこみ上《あ》げてくるが、迷《まよ》っている暇《ひま》はない。鬼《オニ》はもう、すぐそこまで迫《せま》っている。

蓮《れん》は膝《ひざ》を曲《ま》げて手《て》すりから勢《いきお》いよく跳《と》び上《あ》がった。

身体《からだ》を反《そ》らせ、目《め》を見開《みひら》いて、壁《かべ》との距離《きょり》を測《はか》る。

ガッ!

出《で》っ張《ぱ》った窓枠《まどわく》にしがみつき、蓮《れん》はなんとか壁《かべ》に張《は》り付《つ》いた。

「ハァ……ッ、ハァ……ッ」

蓮《れん》は一瞬《いっしゅん》だけ息《いき》を整《ととの》えると、すぐさま窓枠《まどわく》によじのぼった。

屋上《おくじょう》のへりに手《て》をかけ、這《は》い上《あ》がろうとする。

「わーあ、蓮《れん》くん、そんなところまで逃《に》げちゃったんだぁ。頑張《がんば》るねー」

追《お》いついて来《き》た鬼《オニ》が、階段《かいだん》の手《て》すりから身《み》を乗《の》り出《だ》して、ニタニタと笑《わら》った。

「……悔《くや》しかったら、お前《まえ》も来《こ》いよ」

「言《い》われなくてもぉ、そうするよ‼」

鬼《オニ》は蓮《れん》と同《おな》じように手《て》すりを乗《の》り越《こ》え、壁《かべ》に向《む》かってバッと跳躍《ちょうやく》した。

そして、蓮《れん》がやったように、ガッと窓枠《まどわく》にしがみつく。

その瞬間《しゅんかん》を狙《ねら》い、蓮《れん》は屋上《おくじょう》のへりにしがみついたまま、足《あし》を真下《ました》に蹴《け》り出《だ》した。

ドッ！

鬼《オニ》の顔面《がんめん》にヒットして、鬼《オニ》が身体《からだ》をのけぞらせる。

はずみで蓮《れん》まで落《お》ちそうになったが、へりにぎゅっとしがみついてなんとかこらえた。

「うわあああ！！！」

鬼《オニ》は手足《てあし》をばたつかせながら、落下《らっか》していく。

その影《かげ》がビルの壁《かべ》に一瞬《いっしゅん》映《うつ》り込《こ》み、そして、ドン！　と地面《じめん》に叩《たた》きつけられる音《おと》がした。

「……鬼《オニ》、どうなったんだ？」

蓮《れん》は屋上《おくじょう》に這《は》い上《あ》がると、そっと下《した》をのぞきこんだ。鬼《オニ》は倒《たお》れたままだ。動《うご》き出《だ》す気配《けはい》はない。

「ふぅ……」

なんとか鬼《オニ》を倒《たお》せた――と、安心《あんしん》したのも束《つか》の間《ま》。

「きゃあああ！！」

ビルの下《した》から、一葉《いちは》の悲鳴《ひめい》が聞《き》こえてきた。

鬼《オニ》が倒《たお》れているのとは、反対側《はんたいがわ》の方角《ほうがく》からだ。

驚《おどろ》いてのぞきこむと、ビルの真下《ました》の路上《ろじょう》を、全速力《ぜんそくりょく》で駆《か》けてくる一葉《いちは》の姿《すがた》が見《み》えた。

すぐ後《うし》ろには、杞紗《きさ》のクローンがいる。

「一葉《いちは》……！」

蓮《れん》はとっさに周《まわ》りを見《み》まわし、近《ちか》くにあった植木鉢《うえきばち》を手《て》に取《と》った。

これを落《お》とすか……？　いや、でも、一葉《いちは》に当《あ》たるかもしれない……。

迷《まよ》っている間《あいだ》に、汗《あせ》で濡《ぬ》れた手《て》から植木鉢《うえきばち》がすっぽ抜《ぬ》けた。

「あ」

ガシャーン!!

幸《こう》か不幸《ふこう》か、植木鉢《うえきばち》は一葉《いちは》と鬼《オニ》のちょうど真《ま》ん中《なか》に落《お》ちて、砕《くだ》け散《ち》った。

「きゃあ!!」

突然《とつぜん》落《お》ちてきた植木鉢《うえきばち》に不意《ふい》を突《つ》かれ、杞紗《きさ》のクローンが悲鳴《ひめい》をあげる。

一葉《いちは》もハッと驚《おどろ》いて足《あし》を止《と》めたが、すぐにまた走《はし》り出《だ》し、ビルの角《かど》を曲《ま》がった。

杞紗《きさ》のクローンは、すぐに気《き》を取《と》り直《なお》し、一葉《いちは》を追《お》いかける。

一葉《いちは》は、曲《ま》がり角《かど》で、杞紗《きさ》のクローンを待《ま》ち構《かま》えていた。手《て》に持《も》った試験管《しけんかん》を、バッと杞紗《きさ》のクローンに向《む》けて突《つ》き出《だ》す。

「来《こ》ないで!!　あっち行《い》って!!　二度《にど》と姿《すがた》を見《み》せないで!!!」

一葉《いちは》の叫《さけ》び声《ごえ》が響《ひび》き渡《わた》る。

蓮《れん》は息《いき》を止《と》め、二人《ふたり》の様子《ようす》を見守《みまも》った。

すると数秒後《すうびょうご》、杞紗《きさ》のクローンが、ふらっと後《あと》ずさった。

そして、一葉《いちは》に背《せ》を向《む》けて、どこかへ立《た》ち去《さ》ってしまう。

催眠術《さいみんじゅつ》にかかり、一葉《いちは》の言葉《ことば》に従《したが》ったのだ。

「一葉《いちは》……やるじゃん」

屋上《おくじょう》から一部始終《いちぶしじゅう》を見《み》ていた蓮《れん》は、感心《かんしん》してつぶやいた。

EPISODE.3
エピソード3

蓮《れん》は一葉《いちは》と合流《ごうりゅう》すると、渋谷《しぶや》コクーンビルディングへと歩《ある》き始《はじ》めた。

「えー！　蓮《れん》、外階段《そとかいだん》から隣《となり》のビルに飛《と》び移《うつ》ったの⁉　すごいね、スタントマンみたい」

「いやもう二度《にど》とやんない……死《し》ぬかと思《おも》った。一葉《いちは》こそ、杞紗《きさ》のクローンを待《ま》ち伏《ぶ》せして薬《くすり》を嗅《か》がせるなんて、すごいよ。よくあんなふうに冷静《れいせい》になれるな」

「あれこそ、もう二度《にど》と無理《むり》。思《おも》い出《だ》しただけで足《あし》が震《ふる》えそう」

こうして歩《ある》いている間《あいだ》にも、いつ鬼《オニ》が飛《と》び出《だ》してくるかわからない。

蓮《れん》と一葉《いちは》は、周《まわ》りを警戒《けいかい》しながら街《まち》を歩《ある》き、ようやく渋谷《しぶや》コクーンビルディングのすぐそばへとやって来《き》た。

そびえ立《た》つ高層《こうそう》ビルは、まるで空《そら》に向《む》かって無限《むげん》に続《つづ》いていくかのようだ。

蓮《れん》は目《め》の前《まえ》の巨大《きょだい》な建物《たてもの》を見上《みあ》げた。

「これが……渋谷《しぶや》コクーンビルディング……」

「この場所《ばしょ》で決着《けっちゃく》をつけて、本当《ほんとう》に終《お》わりにしよう」

一葉《いちは》の言葉《ことば》に小《ちい》さくうなずいて、ビルのエントランスへと向《む》かう。

玲央《れお》、花《はな》、そして蒼太《そうた》と真里穂《まりほ》は、エントランスの前《まえ》に立《た》っていて、蓮《れん》たちが来《き》たのを見《み》ると、ほっとしたように駆《か》け寄《よ》って来《き》た。

「蓮《れん》！　一葉《いちは》！」

「よかった、無事《ぶじ》だったんだね」

みんなに迎《むか》えられ、蓮《れん》と一葉《いちは》は顔《かお》を見合《みあ》わせた。

「……まあ、一応《いちおう》」

「楽勝《らくしょう》だよ、あんなやつら」

一葉《いちは》が冗談《じょうだん》めかして言《い》い、二人《ふたり》で顔《かお》を見合《みあ》わせてくすっとする。

「ビルの中《なか》に入《はい》るために、なんとかエントランスの扉《とびら》を壊《こわ》せないかって相談《そうだん》してたところなんだ」

玲央《れお》が言《い》い、蓮《れん》はエントランスのガラス戸《ど》の方《ほう》をのぞきこんだ。他《ほか》の建物《たてもの》と同《おな》じく、この渋谷《しぶや》コクーンビルディングにも電気《でんき》が通《とお》っていないようで、入《い》り口《ぐち》の自動《じどう》ドアは閉鎖《へいさ》されたまま動《うご》かない。まるでビルそのものが、蓮《れん》たちを拒《こば》んでいるかのようだ。

「このドア……強化《きょうか》ガラスだと思《おも》うの。何《なに》か壊《こわ》せる道具《どうぐ》があれば……」

花《はな》が不安《ふあん》そうにつぶやいて、ビルの周《まわ》りを見《み》まわした。

周囲《しゅうい》には、さまざまなテナントの入《はい》った雑居《ざっきょ》ビルが立《た》ち並《なら》んでいるが、どの店《みせ》も明《あ》かりを落《お》として静《しず》まり返《かえ》っている。

一行《いっこう》はひとまず、すぐ近《ちか》くに見《み》えているコンビニへと、行《い》ってみることにした。

入《はい》れそうな場所《ばしょ》を探《さが》し、裏口《うらぐち》の扉《とびら》からバックヤードを抜《ぬ》けて、店内《てんない》へと出《で》る。

ハンマーやカナヅチのような道具《どうぐ》はさすがに見当《みあ》たらなかったが、ガラスを叩《たた》き割《わ》るのに役《やく》に立《た》ちそうなものがいくつか見《み》つかった。お弁当《べんとう》を温《あたた》めるための電子《でんし》レンジや電気《でんき》ポットト、それに傘《かさ》などだ。

「よし。とりあえず、ビルの前《まえ》に運《はこ》ぼう」

玲央《れお》の言葉《ことば》に、花《はな》がぎょっとした顔《かお》になった。

「え、勝手《かって》に持《も》っていっちゃうんですか？　お金《かね》は……」

「今《いま》、持《も》ってないから。後払《あとばら》いで許《ゆる》してもらおう」

「……大丈夫《だいじょうぶ》ですかね……」

真面目《まじめ》な花《はな》は、コンビニの中《なか》の物《もの》を持《も》ち出《だ》すのに気《き》が進《すす》まないようだが、そうはいってもお金《かね》はないし、エントランスの自動《じどう》ドアを壊《こわ》さなければビルの中《なか》には入《はい》れない。

「今《いま》は非常時《ひじょうじ》だから仕方《しかた》ないよ。このゲームが終《お》わって、平和《へいわ》になったら、みんなで弁償《べんしょう》しに来《こ》よう」

玲央《れお》にそう説得《せっとく》され、花《はな》は仕方《しかた》なさそうに「そうですね」とうなずいた。

「何《なに》を借《か》りたかわかるように、ここに借用書《しゃくようしょ》を書《か》いておいたから」

一葉《いちは》は、持《も》ち出《だ》した物《もの》のリストをしっかり作《つく》っていたようで、カウンターの上《うえ》にテープで貼《は》り付《つ》けている。

蓮《れん》は、持《も》ち出《だ》した物《もの》をエントランスの前《まえ》まで運《はこ》び込《こ》むと、あらためて自動《じどう》ドアを見《み》つめた。

「……電子《でんし》レンジ、すっごい重《おも》いけど。ぶつけてみる？」

「やってみるか」

蓮《れん》の言葉《ことば》に蒼太《そうた》がうなずき、二人《ふたり》は協力《きょうりょく》して電子《でんし》レンジを持《も》ち上《あ》げた。業務用《ぎょうむよう》で大《おお》きいから、かなり重《おも》たい。

せーの、と思《おも》いきりガラスにぶつけてみる。

しかしあまりに重《おも》たくて、勢《いきお》いが出《で》ない。電子《でんし》レンジは二人《ふたり》の手《て》から転《ころ》がるように落《お》ちると、にぶい音《おと》を立《た》ててガラスに激突《げきとつ》し、エントランス前《まえ》のタイルの上《うえ》へと転《ころ》がった。

「これは、無理《むり》だな……」

「無理《むり》だね……」

二人《ふたり》でむなしくうなずき合《あ》っていると、玲央《れお》と花《はな》が、コンビニの中《なか》から出《で》てきた。

二人《ふたり》とも、両手《りょうて》にビニール袋《ぶくろ》を提《さ》げている。

中《なか》には大量《たいりょう》のライターのほか、新聞《しんぶん》やガムテープ、水《みず》の入《はい》ったペットボトル、氷《こおり》などが詰《つ》め込《こ》まれていた。

「ライターの炎《ほのお》でガラスを熱《ねっ》してから、冷水《れいすい》をかけたら、壊《こわ》れやすくなるんじゃないかと思《おも》って」

「耐熱《たいねつ》ガラスだろうけど、試《ため》してみよう」

花《はな》と玲央《れお》は、そう言《い》いながら、新聞紙《しんぶんし》を広《ひろ》げ、ガムテープでガラス扉《とびら》に貼《は》り付《つ》けた。そして、ライターの中《なか》のオイルをかけて新聞紙《しんぶんし》を湿《しめ》らせ、別《べつ》のライターの炎《ほのお》を近《ちか》づける。

ボッ
炎《ほのお》は一瞬《いっしゅん》で、新聞紙《しんぶんし》に燃《も》え移《うつ》った。

「おぉっ！」

蓮《れん》たちが色《いろ》めき立《た》ったのも束《つか》の間《ま》——炎《ほのお》はすぐに立《た》ち消《ぎ》えてしまった。

玲央《れお》の言《い》っていた通《とお》り、耐熱《たいねつ》ガラスなので燃《も》えづらくなっているのだろう。

それを見《み》た一葉《いちは》は、もう一度《いちど》コンビニに走《はし》ると、

「ねえ！　これを使《つか》って炎《ほのお》の勢《いきお》いを強《つよ》くできないかな？」

と、制汗《せいかん》スプレーを持《も》ってきた。

そして、シューッとスプレーを出《だ》しながら、缶《かん》の先《さき》にライターを近《ちか》づけて慎重《しんちょう》に火《ひ》をつける。スプレーの中《なか》に入《はい》っている可燃性《かねんせい》のガスを使《つか》って、即席《そくせき》の火炎放射器《かえんほうしゃき》をつくろうというのだ。

炎《ほのお》は先《さき》ほどより広範囲《こうはんい》に燃《も》え移《うつ》ったが、すぐに新聞紙《しんぶんし》が燃《も》え尽《つ》き、炎《ほのお》も消《き》えてしまった。

「だめか～……いいアイディアだと思《おも》ったんだけど」

一葉《いちは》は、がっくりと肩《かた》を落《お》としてしまう。

「新聞《しんぶん》をもっと何十枚《なんじゅうまい》も重《かさ》ねてみる？」

「駅《えき》の方《ほう》まで戻《もど》って、バーベキュー用《よう》の着火剤《ちゃっかざい》を探《さが》してこようか」

花《はな》と玲央《れお》が話《はな》し合《あ》っているのを聞《き》きながら、蓮《れん》はふと、昔《むかし》のことを思《おも》い出《だ》した。

深夜《しんや》の街《まち》をさまよって、壁《かべ》や道路《どうろ》に絵《え》を描《か》きながら、時間《じかん》をつぶしていたころのことだ。

道路《どうろ》にしゃがみこみ、いつものようにカラースプレーで絵《え》を描《か》こうとしたら、いきなり炎《ほのお》が噴《ふ》きあがって度肝《どぎも》を抜《ぬ》かれたことがあった。よく見《み》ると道路《どうろ》にはたばこの吸《す》い殻《がら》が落《お》ちていて、その火《ひ》が塗料《とりょう》に引火《いんか》して燃《も》え上《あ》がってしまったのだとわかった。

あとで調《しら》べたら、そのスプレーは海外製《かいがいせい》で、違法《いほう》に輸入《ゆにゅう》された未認可品《みにんかひん》。発色《はっしょく》がよくてお気《き》に入《い》りだったのだが、さすがに危《あぶ》なすぎるので、それ以来使《いらいつか》うのをやめてしまった。

確《たし》か、あのスプレーを買《か》った店《みせ》は、この辺《あた》りだったはず……。

「俺《おれ》、ちょっと――試《ため》してみたいことがあるんだけど」

そう言《い》うと、蓮《れん》はだっと駆《か》けだした。

雑居《ざっきょ》ビルの横《よこ》を抜《ぬ》けて路地《ろじ》に入《はい》ると、見覚《みおぼ》えのある古《ふる》ぼけた店《みせ》があった。小《ちい》さなおじいさんが一人《ひとり》でやっていた雑貨店《ざっかてん》だ。店内《てんない》は狭《せま》く、お目当《めあ》てのスプレーはすぐに見《み》つかった。

棚《たな》に並《なら》んでいたスプレーを三本《さんぼん》、まとめて両腕《りょううで》に抱《かか》えると、蓮《れん》は再《ふたた》びみんなのところへと走《はし》った。

「あのさ……っ！　これ！　これで火《ひ》がつくと思《おも》う！」

「え？　カラースプレー？」

玲《れ》央《お》がきょとんとした表情《ひょうじょう》で、首《くび》をかしげる。

「確《たし》かに塗料《とりょう》は可燃性《かねんせい》のものが多《おお》いけど……制汗《せいかん》スプレーとそんなに変《か》わらないと思《おも》うよ」

「いやそれがさ、すごいんだよこのスプレー。マジで」

エントランスのガラスには、玲《れ》央《お》たちによって、ちょうど新《あたら》しい新聞《しんぶん》が重《かさ》ねて貼《は》り直《なお》されたところだ。

蓮《れん》はみんなをガラスから遠《とお》ざけると、カラースプレーを構《かま》え、ノズルを押《お》した。

シュー ッ

青《あお》いインクが霧状《きりじょう》に飛《と》び出《だ》して、新聞紙《しんぶんし》がみるみる青《あお》く染《そ》まる。
ちょっと怖《こわ》いな……。
蓮《れん》は腰《こし》が引《ひ》けそうになりながら、もう片方《かたほう》の手《て》に持《も》ったライターを点火《てんか》した。
そして、炎《ほのお》の先《さき》を、そうっとスプレーに近《ちか》づける。
ボッッッ！
炎《ほのお》がインクに燃《も》え移《うつ》った瞬間《しゅんかん》、火花《ひばな》が飛《と》び散《ち》り、強烈《きょうれつ》な炎《ほのお》が燃《も》え上《あ》がった。
激《はげ》しく空気《くうき》が揺《ゆ》れ、腕《うで》や顔《かお》の周《まわ》りに熱気《ねっき》が押《お》し寄《よ》せる。
火《ひ》はみるみる勢《いきお》いを増《ま》し、どんどん大《おお》きくなって、とうとう新聞紙《しんぶんし》に燃《も》え移《うつ》った。
あっという間《ま》に、新聞紙全体《しんぶんしぜんたい》が炎《ほのお》に包《つつ》まれる。
「わ……！」
「すごく燃《も》えてる……！」
花《はな》や玲央《れお》、それに一葉《いちは》と真里穂《まりほ》と蒼太《そうた》も、驚《おどろ》きに目《め》を見張《みは》った。
厚《あつ》く重《かさ》ね貼《ば》りした新聞紙《しんぶんし》は、先《さき》ほどとは違《ちが》い、なかなか燃《も》え尽《つ》きない。
途中《とちゅう》でスプレーの勢《いきお》いが弱《よわ》くなると、すかさず一葉《いちは》が、新《あたら》しいスプレーを蓮《れん》に手渡《てわた》してくれる。

スプレー缶《かん》を持《も》ちかえ、蓮《れん》はプシューッと、炎《ほのお》に向《む》けて塗料《とりょう》を噴《ふ》きつけ続《つづ》けた。

すると次第《しだい》に、ガラスの表面《ひょうめん》にピシピシとヒビが入《はい》り始《はじ》めた。

「蓮《れん》、もういい！　離《はな》れろ！」

玲央《れお》に言《い》われ、蓮《れん》はスプレーを噴《ふ》きつけるのをやめて、サッとガラスから離《はな》れた。

すかさず玲央《れお》が、氷《こおり》で冷《ひ》やした水《みず》をガラスにぶちまける。熱膨張《ねつぼうちょう》と急激《きゅうげき》な冷却《れいきゃく》で、ガラスの強度《きょうど》はさらに弱《よわ》まったはずだ。

「行《い》くぞ、真里穂《まりほ》！」

「うん！」

最後《さいご》に、蒼太《そうた》と真里穂《まりほ》が協力《きょうりょく》して、電子《でんし》レンジをガラスに向《む》かって投《な》げつけた。

ガシャン!!

ガラスの表面《ひょうめん》には蜘蛛《くも》の巣状《すじょう》のヒビが入《はい》った。しかしまだ割《わ》れる気配《けはい》はない。

「もう一度《いちど》！」

今度《こんど》は電気《でんき》ポットを、協力《きょうりょく》して投《な》げつける。

ヒビはさらに深《ふか》くなった。あともう一息《ひといき》だ。

真里穂《まりほ》は置《お》いてあった傘《かさ》を手《て》に取《と》ると、大《おお》きく振《ふ》りかぶった。

「ハァッッッッ！！！」

気合《きあい》の叫《さけ》びと共《とも》に、勢《いきお》いよくガラスに叩《たた》きつける。

ガッシャーン！！！！

とうとうガラスは、粉々《こなごな》に砕《くだ》けて崩《くず》れ落《お》ちた。

「やったー!!」

「これでビルの中《なか》に入《はい》れる!!」

六人《ろくにん》は一斉《いっせい》に歓声《かんせい》をあげ、ハイタッチを交《か》わし合《あ》った。


蓮《れん》たちはガラスの割《わ》れたエントランスを通《とお》り抜《ぬ》け、渋谷《しぶや》コクーンビルディングの内部《ないぶ》へと足《あし》を踏《ふ》み入《い》れた。

内部《ないぶ》はしんと静《しず》まり返《かえ》り、不気味《ぶきみ》な雰囲気《ふんいき》だった。光沢《こうたく》のある床《ゆか》や高《たか》い天井《てんじょう》が目《め》を引《ひ》くが、その洗練《せんれん》されたデザインは、人《ひと》の気配《けはい》が一切《いっさい》ない今《いま》の状況《じょうきょう》ではかえって不気味《ぶきみ》な雰囲《ふんい》気《き》を漂《ただよ》わせている。

「このビルに杞紗《きさ》がいるんだよね。ってことは、中《なか》にたくさん鬼《オニ》がいるはずだよね」

一葉《いちは》が周《まわ》りに目《め》を配《くば》りながらつぶやき、真里穂《まりほ》も「うん、気《き》をつけよう」とうなずく。

ロビーを曲《ま》がるとすぐにエレベーターがあったが、停止《ていし》していた。

杞紗《きさ》のいる最上階《さいじょうかい》は、五十五階《ごじゅうごかい》。怪我《けが》をしている玲央《れお》や、足《あし》が悪《わる》い花《はな》は、階段《かいだん》を使《つか》って最上階《さいじょうかい》まで行《い》くのは無理《むり》だろう。

てことは……俺《おれ》と、真里穂《まりほ》と蒼太《そうた》、一葉《いちは》だけで行《い》くのか……。

ゴクリと生唾《なまつば》をのみ込《こ》むと、蓮《れん》はエレベーターホールの奥《おく》にあった非常階段《ひじょうかいだん》の扉《とびら》を押《お》し開《あ》けようとした。しかし、扉《とびら》はロックされているようで、押《お》しても引《ひ》いてもびくともしない。

「どうする……?」

花《はな》が不安《ふあん》げに、みんなに尋《たず》ねた。

エレベーターが動《うご》かず、階段《かいだん》に通《つう》じる扉《とびら》も開《あ》かないのなら、最上階《さいじょうかい》に向《む》かうことはできない。

玲央《れお》はしばらく考《かんが》え込《こ》んだ後《あと》、口《くち》を開《ひら》いた。

「このビルの八階《はちかい》にサーバールームがあるはずだ。そこへ侵入《しんにゅう》してエレベーター制御《せいぎょ》システムにアクセスすれば、エレベーターを動《うご》かせる……」

「サーバールーム？　なんでそんなこと知《し》ってるの？」

「リアル鬼《オニ》ごっこに参加《さんか》する前《まえ》に、政府所有《せいふしょゆう》の建物《たてもの》を一通《ひとどお》り調《しら》べたって言《い》っただろ。フロアマップも頭《あたま》に入《い》れたよ」

真里穂《まりほ》の質問《しつもん》に、玲央《れお》があっさりと答《こた》える。

すげー……。事前《じぜん》に調《しら》べてるのもすげーし、覚《おぼ》えてるのもすげー……。

蓮《れん》が素直《すなお》に感心《かんしん》していると、蒼太《そうた》が前《まえ》に出《で》て言《い》った。

「八階《はちかい》までなら、俺《おれ》が行《い》けると思《おも》う。だけど、窓《まど》は当然開《とうぜんあ》かないだろうし、中《なか》へ入《はい》る方法《ほうほう》がない。それに、仮《かり》に侵入《しんにゅう》できたとして、電気《でんき》が通《とお》ってないんじゃないの？」

「渋谷《しぶや》コクーンビルディングには、非常用《ひじょうよう》のバックアップ電源《でんげん》が地下《ちか》に配置《はいち》されてるはずだ。地下室《ちかしつ》へ行《い》って電源設備《でんげんせつび》を動《うご》かせば、サーバーは動《うご》く。ビルの裏手《うらて》に、地下室《ちかしつ》に入《はい》るための経路《けいろ》があるはずだ」

「その地下室《ちかしつ》から最上階《さいじょうかい》に行《い》けないの？」

「それは不可能《ふかのう》だな、そもそも地下室《ちかしつ》と渋谷《しぶや》コクーンビルディングは独立《どくりつ》してて、つながっていないからね。地下室《ちかしつ》の電源設備《でんげんせつび》を動《うご》かすには権限者《けんげんしゃ》のログインが必要《ひつよう》だけど、それはまあ僕《ぼく》がなんとかするよ。ビルの外《そと》からサーバールームに侵入《しんにゅう》する方法《ほうほう》については、あとで考《かんが》えよう。入《い》り口《ぐち》のガラス扉《とびら》も壊《こわ》せたんだから、なんとかなるさ」

二人《ふたり》の会話《かいわ》を聞《き》きながら、蓮《れん》は「地下《ちか》か……」と小《ちい》さくつぶやいた。

逃《に》げ場《ば》のないところに行《い》くのは、正直《しょうじき》、気《き》が進《すす》まない。鬼《オニ》に追《お》いかけられたら、袋《ふくろ》のネズミになってしまう。

でも、だからこそ蓮《れん》は真《ま》っ先《さき》に、「俺《おれ》は玲央《れお》と地下室《ちかしつ》に行《い》くよ」と名乗《なの》りを上《あ》げた。自分《じぶん》は花《はな》や一葉《いちは》のように機転《きてん》が利《き》くようなタイプではないし、蒼太《そうた》や真里穂《まりほ》のような特技《とくぎ》もない。その代《か》わりに、危険《きけん》な役目《やくめ》は少《すこ》しでも引《ひ》き受《う》けたかった。

「玲央《れお》の足《あし》じゃ、鬼《オニ》に襲《おそ》われた時《とき》に逃《に》げられないだろ。俺《おれ》がサポート役《やく》になる」

蓮《れん》の言葉《ことば》に、「じゃあ私《わたし》も行《い》く」と真里穂《まりほ》も名乗《なの》りを上《あ》げる。

玲央《れお》は二人《ふたり》の顔《かお》を順番《じゅんばん》に見《み》つめ、小《ちい》さくうなずくと、みんなにてきぱきと指示《しじ》を出《だ》した。

「――じゃあ、僕《ぼく》と蓮《れん》と真里穂《まりほ》は地下室《ちかしつ》に向《む》かう。蒼太《そうた》、君《きみ》はパルクールでサーバールームに上《あ》がって状況《じょうきょう》を確認《かくにん》して、外《そと》からなんとか侵入《しんにゅう》する方法《ほうほう》がないか考《かんが》えてみてくれ。一葉《いちは》と花《はな》ちゃんは人目《ひとめ》につかないところに隠《かく》れながら、ビルの周《まわ》りの様子《ようす》を観察《かんさつ》して。鬼《オニ》がビルに近《ちか》づいてきたりとか、何《なに》か大《おお》きな異変《いへん》があったら、すぐに蒼太《そうた》に知《し》らせるように」

みんなは「了解《りょうかい》！」と声《こえ》をそろえた。

蓮《れん》は、玲央《れお》と真里穂《まりほ》と一緒《いっしょ》に、ビルの裏手《うらて》にまわった。

そこには、ビルの外壁《がいへき》と同《おな》じ素材《そざい》のドアがひっそりとあり、開《あ》けると地下《ちか》へと続《つづ》く狭《せま》い階段《かいだん》が現《あらわ》れた。

こんな狭《せま》いところで鬼《オニ》に挟《はさ》み撃《う》ちでもされたら、終《お》わるな……。

先頭《せんとう》を歩《ある》く玲央《れお》と真里穂《まりほ》について、蓮《れん》はおそるおそる、慎重《しんちょう》に階段《かいだん》を下《お》り始《はじ》めた。足元《あしもと》はかなり暗《くら》く、ひんやりとした空気《くうき》が肌《はだ》に触《ふ》れて、思《おも》わず背筋《せすじ》がぞくりとする。

階段《かいだん》を下《お》りきると、真新《まあたら》しい扉《とびら》が現《あらわ》れ、玲央《れお》はその前《まえ》で立《た》ち止《ど》まった。

「これが地下室《ちかしつ》への入《い》り口《ぐち》だ」

そう言《い》ったきり、動《うご》こうとしない。

「……なんで開《あ》けないの？」

「中《なか》で暴《あば》れて、非常電源《ひじょうでんげん》を壊《こわ》されたら困《こま》るからね。後《うし》ろにいるそいつとは、ここで決着《けっちゃく》をつけよう」

「は？　え？　後《うし》ろ？」

きょとんとして背後《はいご》を振《ふ》り返《かえ》り、蓮《れん》は心臓《しんぞう》が縮《ちぢ》み上《あ》がった。

暗闇《くらやみ》の向《む》こうに、ニタッと笑《わら》う不気味《ぶきみ》な顔《かお》が浮《う》かんでいる。

杞紗《きさ》じゃない。王様《おうさま》のクローンだ。

「なーんだ、バレてたのか」

うっすらと笑《わら》いながら、鬼《オニ》はゆっくりと階段《かいだん》を下《お》りてきた。

「地下《ちか》の部屋《へや》に追《お》い詰《つ》めちゃえば、逃《に》げ場《ば》はないと思《おも》ったのに。まあここでも似《に》たようなものだけど」

鬼《オニ》の言《い》う通《とお》り、階段《かいだん》は狭《せま》く、人《ひと》ひとりが通《とお》るのがやっとの幅《はば》しかない。これでは行《い》き止《ど》まりに追《お》い詰《つ》められたも同然《どうぜん》だ。

「あーあ、バカだねぇ。こんな狭《せま》いところに自分《じぶん》から来《き》ちゃって!!」

そう言《い》うと、鬼《オニ》はダッと階段《かいだん》を駆《か》け下《お》り、最後尾《さいこうび》にいた蓮《れん》へと襲《おそ》いかかった。

蓮《れん》は逃《に》げ出《だ》したいのをこらえ、ぎりぎりまで鬼《オニ》を引《ひ》きつけた。

「はい、ターッチ!」

鬼《オニ》が、蓮《れん》に向《む》かって、腕《うで》を伸《の》ばす。

その瞬間《しゅんかん》、蓮《れん》はサッとかがみこんだ。

真後《まうし》ろにいた真里穂《まりほ》が、アーチェリーの矢《や》を両手《りょうて》で握《にぎ》りしめ、鬼《オニ》に向《む》かって大《おお》きく振《ふ》り下《お》ろす。

グサッ!!

矢《や》の先端《せんたん》は、鬼《オニ》の右肩《みぎかた》に当《あ》たり、骨《ほね》に当《あ》たってはじき返《かえ》された。

「痛《いて》ぇッ!!」

鬼《オニ》はたたらを踏《ふ》み、後《うし》ろにのけぞる。

間髪《かんはつ》いれず、真里穂《まりほ》の後《うし》ろから、スプレーを構《かま》えた玲央《れお》が飛《と》び出《だ》した。蓮《れん》が取《と》ってきたカラースプレーの、最後《さいご》の一本《いっぽん》だ。

プシューッ！

塗料《とりょう》を顔面《がんめん》に浴《あ》び、鬼《オニ》は「うわぁぁぁぁっ⁉」と悲鳴《ひめい》をあげて顔《かお》をかきむしった。完全《かんぜん》に隙《すき》だらけだ。

蓮《れん》は、ポケットに手《て》を入《い》れた。

そこには、薬《くすり》の入《はい》った試験管《しけんかん》が入《はい》っている。

さっき鬼《オニ》に襲《おそ》われた時《とき》、蓮《れん》は試験管《しけんかん》の薬《くすり》をすべてぶちまけてしまった。この試験管《しけんかん》は、花《はな》が貸《か》してくれたものだ。

「クソッ……！　なんだこれ、スプレーか⁉　目《め》が……！　目《め》が痛《いた》い……！！」

鬼《オニ》は両腕《りょううで》をブンブン振《ふ》りまわして暴《あば》れ、右手《みぎて》があやうく蓮《れん》の顔《かお》に当《あ》たりそうになる。

指一本《ゆびいっぽん》でも触《ふ》れられたら、タッチとみなされ首輪《くびわ》が爆発《ばくはつ》する。蓮《れん》はサッと身体《からだ》を引《ひ》き、鬼《オニ》の手《て》を避《よ》けた。

その隙《すき》に真里穂《まりほ》が、両手《りょうて》で握《にぎ》りしめた矢《や》を、今度《こんど》は鬼《オニ》の左《ひだり》の肩《かた》へと突《つ》き刺《さ》す。

「痛《いた》いっ!! 痛《いた》いよぉっ！！！」

鬼《オニ》の動《うご》きが止《と》まったその隙《すき》に、蓮《れん》は今度《こんど》こそ試験管《しけんかん》を突《つ》き出《だ》した。

フタはしっかり開《あ》いている。

「来《く》るな！ 来《く》るな！ お前《まえ》たち来《く》るなよぉ！！！ タッチするのは僕《ぼく》だぞ!!」

「静《しず》かにしろ」

蓮《れん》が試験管《しけんかん》を近《ちか》づけながら命令《めいれい》しても、鬼《オニ》は変《か》わらず暴《あば》れ続《つづ》けている。

「ふざけるな！ なんだこれ、スプレーか!? 僕《ぼく》の顔《かお》に何《なん》てことしてくれたんだよ!?」

「静《しず》かにしろ」

「くそっ！ 何《なに》も見《み》えない!! 何《なん》なんだよこれは!?」

「静《しず》かにしろってば!!」

蓮《れん》はもどかしく叫《さけ》んだ。

もっと鬼《オニ》に近《ちか》づきたいが、鬼《オニ》は両手《りょうて》を振《ふ》りまわして暴《あば》れていて、これ以上近《いじょうちか》づけない。

鬼《オニ》は服《ふく》の袖《そで》で顔《かお》をぬぐうと、目《め》をこじあけ、ふらつきながらも蓮《れん》の方《ほう》へと向《む》かってこようとした。

距離《きょり》がありすぎて、薬《くすり》が効《き》かなかったのか……!?

後《うし》ろにいる真里穂《まりほ》を守《まも》ろうと、蓮《れん》はその場《ば》に踏《ふ》みとどまった。真正面《ましょうめん》から鬼《オニ》を見据《みす》え、襲《おそ》ってくるのを待《ま》つ。

鬼《オニ》は蓮《れん》の方《ほう》に向《む》けた腕《うで》を、滅茶苦茶《めちゃくちゃ》に伸《の》ばす。

しかし、その時《とき》、鬼《オニ》の足元《あしもと》からふっと力《ちから》が抜《ぬ》けた。

そのまま脱力《だつりょく》して、へたり込《こ》んでしまう。

「……え?」

驚《おどろ》いてのぞきこむと、鬼《オニ》は目《め》を閉《と》じ、大人《おとな》しく膝《ひざ》を抱《かか》えていた。

蓮《れん》の命令通《めいれいどお》り、静《しず》かにしている。

時間《じかん》はかかったが、やっと薬《くすり》が効《き》いたのだ。

蓮《れん》は真里穂《まりほ》と玲央《れお》の方《ほう》を振《ふ》り返《かえ》り、ほっと息《いき》をついた。


地下室《ちかしつ》か、そこに向《む》かうまでの階段《かいだん》で、鬼《オニ》に襲《おそ》われる可能性《かのうせい》が高《たか》い。

真里穂《まりほ》と蓮《れん》は、事前《じぜん》に玲央《れお》からそう聞《き》かされていた。エントランスを突破《とっぱ》するために、ガラスを火《ひ》であぶったり叩《たた》いたり、あれだけ派手《はで》に動《うご》いていたのに鬼《オニ》が来《こ》ないのはおかしい。きっと蓮《れん》たちが、襲《おそ》いやすい場所《ばしょ》に行《い》くのを待《ま》っているはずだ――玲央《れお》はそう推測《すいそく》して、鬼《オニ》に襲《おそ》われた時《とき》の対処法《たいしょほう》を、蓮《れん》たちと事前《じぜん》に話《はな》し合《あ》っていたのだ。

「真里穂《まりほ》が矢《や》を刺《さ》し、玲央《れお》がスプレーを噴《ふ》きかけて鬼《オニ》の動《うご》きを止《と》め、その隙《すき》に俺《おれ》が薬《くすり》を嗅《か》がせる……。できるか心配《しんぱい》だったけど、上手《うま》くいってよかったよ」

蓮《れん》は静《しず》かになった鬼《オニ》を見下《みお》ろしながら、しみじみとそうつぶやいた。

「蓮《れん》のおかげだね」

「うん、一番危《いちばんあぶ》ない役目《やくめ》を引《ひ》き受《う》けてくれた」

真里穂《まりほ》と玲央《れお》に褒《ほ》められ、蓮《れん》は照《て》れ臭《くさ》そうに目《め》をそらした。

ポケットに手《て》を突《つ》っ込《こ》み、花《はな》から借《か》りた試験管《しけんかん》に触《ふ》れる。

――お兄《にい》ちゃん、私《わたし》の薬《くすり》、使《つか》って。お兄《にい》ちゃんの薬《くすり》は全部《ぜんぶ》なくなっちゃったでしょ？

――え。だめだよ、もらえない。お前《まえ》だって、身《み》を守《まも》るものが必要《ひつよう》だろ。

蓮《れん》はそう言《い》ったのだが、花《はな》は地下室《ちかしつ》の方《ほう》が危険《きけん》だからと言《い》い張《は》り、最後《さいご》には強引《ごういん》に蓮《れん》に薬《くすり》を押《お》し付《つ》けてしまった。

——花《はな》には私《わたし》がついてるから、大丈夫《だいじょうぶ》だよ。地下室組《ちかしつぐみ》が一番危《いちばんあぶ》ないから、薬《くすり》は一本《いっぽん》でも多《おお》く持《も》ってた方《ほう》がいいと思《おも》う。

最後《さいご》には一葉《いちは》にもそう言《い》われて、蓮《れん》はしぶしぶながら、花《はな》の薬《くすり》を預《あず》かることにしたのだ。

それが結果的《けっかてき》に、蓮《れん》の命《いのち》を救《すく》った。

玲央《れお》は、なかなか地下室《ちかしつ》の扉《とびら》を開《あ》けようとしない。

「あれ？　どうしたの？」

「まさかまた鬼《オニ》⁉」

真里穂《まりほ》と蓮《れん》が、緊張《きんちょう》して聞《き》くと、玲央《れお》は「いや」と首《くび》を振《ふ》った。

「地下室《ちかしつ》のドアがロックされてる。きっと鬼《オニ》しか開《あ》けられないんだ」

「えぇ⁈　ここまで来《き》て⁉」

「じゃあ今《いま》までのことは、全部無駄《ぜんぶむだ》だったの？」

蓮《れん》の疑問《ぎもん》に、玲央《れお》は「いや」と首《くび》を振《ふ》った。

「鍵《かぎ》が閉《し》まってることは予想《よそう》できた。だから、鬼《オニ》が襲《おそ》ってくるのを待《ま》ってたんだ。蓮《れん》、そこに座《すわ》っている鬼《オニ》に、扉《とびら》を開《あ》けるように言《い》ってくれないか？」

「え」

一瞬《いっしゅん》きょとんとしてから、蓮《れん》は遅《おく》れて「あ」と気《き》がついた。

「そうか。こいつ、俺《おれ》の言《い》うこと聞《き》くから……」

「うん。彼《かれ》に命令《めいれい》すれば、扉《とびら》を開《あ》けさせられるはずだ」

「玲央《れお》。まさか、このためにわざわざ、地下室《ちかしつ》の前《まえ》まで鬼《オニ》をおびき寄《よ》せたの？」

真里穂《まりほ》が驚《おどろ》いて聞《き》くと、玲央《れお》は「まぁね」と軽《かる》く肩《かた》をすくめた。

蓮《れん》は座《すわ》っている鬼《オニ》の方《ほう》に近《ちか》づくと、そっとささやきかけた。

「おい。えーと……こっち来《こ》い」

鬼《オニ》はうっすらと目《め》を開《あ》け、蓮《れん》の方《ほう》を見上《みあ》げると、だまって立《た》ち上《あ》がった。

「壁《かべ》に小《ちい》さなカメラがついてる。それを見《み》てくれ」

玲央《れお》が、扉《とびら》の横《よこ》にある。小《ちい》さなレンズのついた四角《しかく》い装置《そうち》を指《さ》し示《しめ》した。

「玲央《れお》の言《い》う通《とお》りにしろ」と、蓮《れん》。

鬼《オニ》は階段《かいだん》を下《お》りると、カメラの前《まえ》に立《た》った。

レンズの上側《うえがわ》で、小《ちい》さな緑色《みどりいろ》のランプが点灯《てんとう》する。

ピー……。

扉《とびら》のロックが解除《かいじょ》される音《おと》が鳴《な》り、玲央《れお》が「これで地下室《ちかしつ》に進《すす》めるね」とつぶやいて額《ひたい》ににじんだ汗《あせ》をぬぐう。

「玲央《れお》、すごーい！　天才《てんさい》！」

手《て》を叩《たた》いて喜《よろこ》ぶ真里穂《まりほ》の隣《となり》で、蓮《れん》も（玲央《れお》、すげー！　天才《てんさい》！）と感心《かんしん》していた。


そのころ。

蒼太《そうた》は渋谷《しぶや》コクーンビルディングの外壁《がいへき》を見上《みあ》げ、その装飾《そうしょく》をじっと観察《かんさつ》していた。のぼれるルートを慎重《しんちょう》に見定《みさだ》めると、深呼吸《しんこきゅう》をしてから一気《いっき》に駆《か》けだし、外壁《がいへき》に飛《と》びつく。そして右腕《みぎうで》を伸《の》ばして装飾《そうしょく》に手《て》をかけ、勢《いきお》いよく外壁《がいへき》をのぼり始《はじ》めた。

壁《かべ》の細《こま》かい突起《とっき》や窓枠《まどわく》なども巧《たく》みに使《つか》いながら、どんどん上《うえ》に向《む》かっていく。

「あと少《すこ》し……」

額《ひたい》に汗《あせ》を浮《う》かべ、蒼太《そうた》はとうとう八階《はちかい》の外壁《がいへき》までたどり着《つ》いた。

全面《ぜんめん》がガラス張《ば》りになった壁《かべ》に額《ひたい》をくっつけて、ビルの中《なか》をのぞきこむ。大《おお》きな機械《きかい》が並《なら》んだ広《ひろ》い部屋《へや》が見《み》えた。

床《ゆか》の上《うえ》には、無数《むすう》のコードやコンセントらしき電源《でんげん》が配置《はいち》されている。

ここがサーバールームで間違《まちが》いなさそうだ。

問題《もんだい》は、このガラスをどうやって割《わ》るか……。

蒼太《そうた》がコンコンと窓《まど》を叩《たた》いて厚《あつ》みを確認《かくにん》していると、背後《はいご》から不穏《ふおん》な音《おと》が聞《き》こえた。

ヴヴヴヴ……。

「なんだ……?」

振《ふ》り返《かえ》ると、地上《ちじょう》から巨大《きょだい》な円盤《えんばん》のようなものが、こちらに向《む》かってゆっくりと飛《と》んでくる。

ドローン……!

ハッと下《した》を見《み》ると、王様《おうさま》のクローンらしき男《おとこ》が、タブレット端末《たんまつ》のようなものを操作《そうさ》しているのが見《み》えた。彼《かれ》がドローンの操縦者《そうじゅうしゃ》のようで、蒼太《そうた》と目《め》が合《あ》うと大声《おおごえ》で叫《さけ》んだ。

「桐野蒼太《きりのそうた》！　逃《に》げ場《ば》はないぞ！　ドローンの刃《は》で切《き》り刻《きざ》んでやる‼」

「うそだろ……！」

ドローンはするどい音《おと》を立《た》てながら、蒼太《そうた》に向《む》かって急速《きゅうそく》に接近《せっきん》してくる。

まずい……どうする……！

蒼太《そうた》は今《いま》、身一《みひと》つで外壁《がいへき》に張《は》り付《つ》いている状態《じょうたい》だ。ドローンに対抗《たいこう》する武器《ぶき》など持《も》っていないし、少《すこ》しでもバランスを崩《くず》せば、転落《てんらく》してはるか下《した》の道路《どうろ》に叩《たた》きつけられる。かといって、このまま待《ま》っていたら、ドローンに体当《たいあ》たりされてプロペラに身体《からだ》を切《き》り裂《さ》かれるだけだ。

ヴヴヴ……！

ドローンは高速《こうそく》で旋回《せんかい》しながら、獲物《えもの》を追《お》う猛禽類《もうきんるい》のように蒼太《そうた》に向《む》かってくる。

蒼太《そうた》はとっさに、藤堂《とうどう》にもらった薬《くすり》をポケットから出《だ》した。

「来《く》るな！！　あっちへ行《い》け！！！」

大声《おおごえ》をあげながら、ドローンに向《む》かって投《な》げつける。試験管《しけんかん》はドローンのボディに直撃《ちょくげき》して粉々《こなごな》に割《わ》れ、薬液《やくえき》が空中《くうちゅう》に跳《と》び散《ち》った。

ドローンの動《うご》きが乱《みだ》れ、旋回《せんかい》の速度《そくど》がにぶる。

しかし、すぐに軌道修正《きどうしゅうせい》して、再《ふたた》び蒼太《そうた》の方《ほう》へと襲《おそ》いかかってきた。

やっぱ機械《きかい》に効《き》くわけないよな……。

「ミンチにしてやる!! 覚悟《かくご》しろ、蒼太《そうた》!!!」

鬼《オニ》は叫《さけ》びながら、タブレットでドローンを操《あやつ》っている。

蒼太《そうた》の心臓《しんぞう》が、早鐘《はやがね》のように鳴《な》った。

まともに戦《たたか》うのは無理《むり》だ。死《し》ぬ気《き》で避《よ》けるしかない。

目《め》を見開《みひら》いて、ドローンの動《うご》きを見極《みきわ》める。ドローンはヴンヴンとプロペラの刃《は》を鳴《な》らしながら、蒼太《そうた》のすぐ目《め》の前《まえ》まで迫《せま》っていた。

俺《おれ》ならできる、と蒼太《そうた》は自分《じぶん》に言《い》い聞《き》かせた。こんなところで機械相手《きかいあいて》に苦戦《くせん》している場合《ばあい》じゃない。最上階《さいじょうかい》にいる杞紗《きさ》のところに行《い》って、スウジの仇《かたき》をとるんだ——。

ドローンが、蒼太《そうた》の顔面《がんめん》に激突《げきとつ》する——その直前《ちょくぜん》。

今《いま》だ！

蒼太《そうた》は心《こころ》の中《なか》で叫《さけ》び、ビルにしがみついていた手《て》をぱっと離《はな》した。

一瞬《いっしゅん》、ドローンの刃《は》が蒼太《そうた》の頬《ほお》をかすめ、血《ち》が噴《ふ》き出《だ》す。

蒼太《そうた》の身体《からだ》はそのまま真下《ました》へ落《お》ちていき、ドローンは勢《いきお》い余《あま》って八階《はちかい》の外壁《がいへき》へと激突《げきとつ》して、そのするどい刃《は》で蒼太《そうた》がいた位置《いち》の窓《まど》ガラスを突《つ》き破《やぶ》った。

ガッシャーン！！！

けたたましい音《おと》を立《た》てて、ガラスが割《わ》れる。

無数《むすう》の破片《はへん》がビルの中《なか》や外《そと》に散《ち》らばった。

ギギギギ！　ガガガギガギ!!

プロペラは破片《はへん》を巻《ま》き込《こ》み、回転音《かいてんおん》が不規則《ふきそく》になった。

ドローンは急速《きゅうそく》に制御《せいぎょ》を失《うしな》い、墜落《ついらく》していく。

大量《たいりょう》のガラスが降《ふ》ってくる中《なか》、蒼太《そうた》は落下《らっか》しながら腕《うで》を伸《の》ばし、なんとか七階《ななかい》の装飾部《そうしょくぶ》分《ぶん》に左手《ひだりて》をかけた。

「クッ……！」

グンッと全体重《ぜんたいじゅう》が左手《ひだりて》にかかり、思《おも》わず離《はな》しそうになる。

しかしなんとか持《も》ちこたえ、全身《ぜんしん》の力《ちから》を振《ふ》り絞《しぼ》って身体《からだ》を引《ひ》き上《あ》げた。そして外壁《がいへき》をよじのぼり、再《ふたた》び八階《はちかい》までたどり着《つ》く。

ドローンが激突《げきとつ》したせいで、八階《はちかい》の窓《まど》ガラスは、大《おお》きく割《わ》れていた。

蒼太《そうた》は割《わ》れた窓《まど》から、部屋《へや》の中《なか》へと転《ころ》がり込《こ》んだ。

「ドローンのおかげで……結果的《けっかてき》に中《なか》へ入《はい》れたな……」

結果《けっか》オーライ、とは言《い》えない。ドローンに切《き》られた頬《ほお》からは派手《はで》に出血《しゅっけつ》しているし、ガラスの破片《はへん》を浴《あ》びて全身傷《ぜんしんきず》だらけだ。頭《あたま》を振《ふ》ると、髪《かみ》の間《あいだ》からもパラパラと小《ちい》さな破片《はへん》が落《お》ちてきた。

サーバールームの中《なか》は、静《しず》かだった。

コードの飛《と》び出《で》た四角《しかく》い機械《きかい》がたくさん立《た》ち並《なら》んでいるが、どれも動《うご》いている気配《けはい》はない。

地上《ちじょう》を振《ふ》り返《かえ》ると、王様《おうさま》のクローンはいなくなっていた。ドローンでの攻撃《こうげき》が失敗《しっぱい》したので、蒼太《そうた》にタッチはできないと判断《はんだん》して行方《ゆくえ》をくらましたのだろう。

「ビルの中《なか》にいる一葉《いちは》や花《はな》が狙《ねら》われないといいけど……身《み》を隠《かく》してるはずだから大丈夫《だいじょうぶ》かな」

つぶやいて、蒼太《そうた》はよいしょと床《ゆか》の上《うえ》に腰《こし》を下《お》ろした。

ともかく、サーバールームの中《なか》には侵入《しんにゅう》できた。あとは、地下《ちか》にいる玲央《れお》たちが電源《でんげん》を入《い》れるのを待《ま》つだけだ。

まもなく電源《でんげん》が入《はい》り、サーバーが動《うご》き出《だ》す。そうすればエレベーターを動《うご》かせるようになる。五十五階《ごじゅうごかい》まで一気《いっき》に行《い》って、杞紗《きさ》に会《あ》って、そして――。

蒼太《そうた》は汗《あせ》で濡《ぬ》れた手《て》のひらをぎゅっと握《にぎ》りしめた。

必《かなら》ずスウジの仇《かたき》をとる。

そんな冷《つめ》たい決意《けつい》に、頭《あたま》の中《なか》は支配《しはい》されていた。

EPISODE.4
エピソード4

玲央《れお》と蓮《れん》、そして真理穂《まりほ》は、電源設備《でんげんせつび》のある地下室《ちかしつ》へと足《あし》を踏《ふ》み入《い》れた。

コンクリートの壁《かべ》に囲《かこ》まれた狭《せま》い部屋《へや》に、大《おお》きな四角《しかく》い機器《きき》が整然《せいぜん》と並《なら》んでいる。

壁《かべ》に配置《はいち》された金属製《きんぞくせい》の配電盤《はいでんばん》には、警告灯《けいこくとう》やメーターが並《なら》んでいたが、その機能《きのう》はすべて停止《ていし》しているようだった。大《おお》きなメインモニターも真《ま》っ暗《くら》だ。蓮《れん》は試《ため》しにボタンを一《ひと》つ押《お》してみたが、何《なに》も反応《はんのう》しなかった。

「ちょっと蓮《れん》、変《へん》なボタン押《お》さないでよ」

「ごめん、つい。ここでビル全体《ぜんたい》の電気《でんき》を制御《せいぎょ》するんだと思《おも》ったら、なんかスゲーなって思《おも》って……」

真理穂《まりほ》に突《つ》っ込《こ》まれ、蓮《れん》はあわててそう言《い》い訳《わけ》した。

玲央《れお》は、配電盤《はいでんばん》に接続《せつぞく》された端末《たんまつ》の前《まえ》に立《た》つと、キーボードを操作《そうさ》した。初《はじ》めは何《なに》も起《お》きなかったが、玲央《れお》が何度《なんど》かキーを叩《たた》くと、モニターが明《あか》るくなった。

「動《うご》いた……！」

「ここには自家発電設備《じかはつでんせつび》があるんだ。さっきから空調《くうちょう》も動《うご》いてるだろ？　そうじゃないと、災害時《さいがいじ》に電力供給《でんりょくきょうきゅう》が途絶《とだ》えて温度《おんど》が上《あ》がった時《とき》に使《つか》い物《もの》にならないからね」

冷静《れいせい》に言《い》いながら、玲央《れお》はキーボードの操作《そうさ》を続《つづ》けた。

システムの起動画面《きどうがめん》がぱっと変《か》わり、複雑《ふくざつ》なメニューが次々《つぎつぎ》と表示《ひょうじ》される。玲央《れお》は迷《まよ》わずメニューを操作《そうさ》し、次々《つぎつぎ》と画面《がめん》を切《き》り替《か》えながら、電源《でんげん》をオンにするためのコマンドを探《さが》していった。

すると突然《とつぜん》、画面《がめん》に「パスワードを入力《にゅうりょく》してください」というメッセージが表示《ひょうじ》された。

玲央《れお》は苦《にが》い顔《かお》で、手《て》を止《と》めた。

「やっぱり、ここでパスワードを要求《ようきゅう》されるか……」

「パスワード？」と、真里穂《まりほ》が不安《ふあん》そうに聞《き》く。

「うん。権限者《けんげんしゃ》になりすましてログインするところまでは上手《うま》くいったんだけど……パスワードがわからないとシステムにアクセスできないんだ。ここからは力技《ちからわざ》で行《い》くしかない……」

「力技《ちからわざ》って？」と、蓮《れん》。

「一《ひと》つ一《ひと》つ可能性《かのうせい》のあるパスワードを総当《そうあ》たりで試《ため》すプログラムを使《つか》う。ブルートフォースアタックっていう手法《しゅほう》だ。簡単《かんたん》にはいかないけど、システムのセキュリティが厳重《げんじゅう》じゃなければ突破《とっぱ》できる可能性《かのうせい》がある」

そう説明《せつめい》しながら、玲央《れお》はすごい速《はや》さでキーボードを操作《そうさ》した。蓮《れん》の目《め》にはただキーを叩《たた》いているようにしか見《み》えないが、玲央《れお》によると、システムを外部《がいぶ》ネットワークにつないで、自動的《じどうてき》にさまざまなパスワードを試《ため》していくための自作《じさく》プログラムをダウンロードしているらしい。

やがてモニターに、次々《つぎつぎ》と異《こと》なるパスワードが入力《にゅうりょく》されていく様子《ようす》が映《うつ》し出《だ》された。アルファベット、数字《すうじ》、記号《きごう》など無数《むすう》の組《く》み合《あ》わせが試《ため》されていくが、いずれも拒否《きょひ》されていた。

「思《おも》ったより時間《じかん》がかかりそうだな……。なんとかパスワードを推測《すいそく》する方法《ほうほう》があるといいんだけど……」

玲央《れお》は口調《くちょう》にあせりをにじませながら、モニターの隅《すみ》に小《ちい》さなウィンドウを表示《ひょうじ》させた。

そこには、このシステムの権限者《けんげんしゃ》のログインＩＤ《アイディー》が一覧《いちらん》で表示《ひょうじ》されている。

「二人《ふたり》とも、この中《なか》に知《し》っている名前《なまえ》はない？」

玲央《れお》に言《い》われ、真里穂《まりほ》と蓮《れん》は、画面《がめん》に並《なら》んだ文字列《もじれつ》に目《め》を走《はし》らせた。

yashiroという名前《なまえ》が目《め》に入《はい》り、蓮《れん》が「あっ」と声《こえ》をあげる。

「八尋《やしろ》って……一葉《いちは》のリアル鬼《オニ》ごっこを企画《きかく》した『鬼《オニ》』の名前《なまえ》だ」

「一葉《いちは》のリアル鬼《オニ》ごっこの？」と、真里穂《まりほ》と玲央《れお》がそろって顔《かお》を向《む》ける。

「うん。蒼太《そうた》と三人《さんにん》で民家《みんか》に隠《かく》れていた時《とき》に、一葉《いちは》から聞《き》いたんだ。一葉《いちは》の参加《さんか》したリアル鬼《オニ》ごっこでは、八尋《やしろ》って鬼《オニ》に恋愛《れんあい》ゲームみたいなのをやらされたって。参加者《さんかしゃ》が八尋《やしろ》を取《と》り合《あ》って戦《たたか》う、ってルールだったらしいけど……」

「その八尋《やしろ》のことを、一葉《いちは》はどんなふうに言《い》ってた？」

玲央《れお》に聞《き》かれ、蓮《れん》は、八尋《やしろ》について話《はな》す一葉《いちは》の姿《すがた》を思《おも》い出《だ》そうとした。

「ええと……確《たし》か、バカで、変《へん》なやつだって……」

「バカで変《へん》か。リアル鬼《オニ》ごっこなのに恋愛《れんあい》ゲームをやるくらいだから、自分《じぶん》に自信《じしん》があってプライドが高《たか》いんだろうな」

玲央《れお》が言《い》い、真理穂《まりほ》が「要《よう》はナルシストってことね」とうなずく。

「バカで、変《へん》で、ナルシストで、プライドが高《たか》い男《おとこ》が設定《せってい》しそうなパスワードか……」

と打《う》ち込《こ》み、玲央《れお》は小《ちい》さくつぶやくと、新《あら》たに別《べつ》のウィンドウを開《ひら》いてログインＩＤ《アイディー》の欄《らん》にyashiroと入力すると、バカで変《へん》でナルシストでプライドが高《たか》い男《おとこ》が設定《せってい》しそうなパスワードを片《かた》っ端《ぱし》から入力《にゅうりょく》していった。

idolIsYashiro（八尋《やしろ》はアイドル）
iAmHandsome（俺《おれ》はハンサム）
iAmTheBestEver（俺《おれ》って最高《さいこう》）
iconOfPerfection（完全無敵《かんぜんむてき》の俺《おれ》）
incredibleSelf（俺《おれ》は信《しん》じられないくらいすごい）
iRuleTheWorld（俺《おれ》は世界《せかい》を支配《しはい》している）

「どれも合《あ》わないな……」

「玲央《れお》……そんなヤバいパスワードがよくポンポン出《で》てくるね……」

真里穂《まりほ》がちょっと引《ひ》いたような表情《ひょうじょう》で玲央《れお》を見《み》る。

玲央《れお》は真剣《しんけん》な表情《ひょうじょう》で、今度《こんど》は iLoveMyself（俺自身《おれじしん》を愛《あい》してる）と新《あら》たなパスワードを入力《にゅうりょく》した。しかしこれもまた、弾《はじ》かれてしまう。その様子《ようす》を見《み》ながら、蓮《れん》は「なんでパスワードが全部《ぜんぶ》i《アイ》から始《はじ》まってるの？」と何気《なにげ》なく聞《き》いた。

「八尋《やしろ》のセキュリティシステムへのログデータから抽出《ちゅうしゅつ》された情報《じょうほう》の中《なか》に、最初《さいしょ》の文字《もじ》が〝i《アイ》〟だというエラーメッセージが残《のこ》ってたんだ。さらに、八尋《やしろ》はほんの一週間前《いっしゅうかんまえ》に、パスワードを変更《へんこう》している。一週間前《いっしゅうかんまえ》に何《なに》か心情《しんじょう》の変化《へんか》があって、パスワードを変《か》えたのかもしれない」

最近《さいきん》の、八尋《やしろ》の心境《しんきょう》の変化《へんか》か……。

蓮《れん》は、あごに手《て》を当《あ》てて考《かんが》え込《こ》んだ。八尋《やしろ》の身《み》に起《お》きた大《おお》きな出来事《できごと》といえば、やはりリアル鬼《オニ》ごっこをやったことだろう。そこで最後《さいご》まで残《のこ》ったのが一葉《いちは》だった。

一葉《いちは》は他《ほか》に、八尋《やしろ》のことをなんて言《い》ってたっけ……。

「ichihaはどう？」

蓮《れん》がふと口《くち》にすると、玲央《れお》と真里穂《まりほ》はきょとんとした顔《かお》になった。

「え？　ichiha？」

「確《たし》かにi《アイ》から始《はじ》まるけど……なんで？」

「多分《たぶん》、八尋《やしろ》って、一葉《いちは》のこと好《す》きなんだよね」

玲央《れお》の言葉《ことば》に、真里穂《まりほ》は「え？　そうなの？」と目《め》を丸《まる》くした。玲央《れお》も意外《いがい》そうな顔《かお》だ。

「俺《おれ》の想像《そうぞう》だけど……一葉《いちは》の参加《さんか》したリアル鬼《オニ》ごっこは、八尋《やしろ》ってやつに愛《あい》された人《ひと》が勝《か》ち残《のこ》れるってルールだったんだって。それを一葉《いちは》が勝《か》ち抜《ぬ》いたってことは、八尋《やしろ》は一葉《いちは》が好《す》きってことじゃん。一葉《いちは》の方《ほう》はどうかわかんないけど、でも……」

蓮《れん》は、八尋《やしろ》について話《はな》していた時《とき》の、一葉《いちは》の顔《かお》を思《おも》い出《だ》した。

八尋《やしろ》のことを「バカなやつ」と言《い》いながら、どこか優《やさ》しげだったあの表情《ひょうじょう》。

「……多分《たぶん》、一葉《いちは》も、なんだかんだ八尋《やしろ》のことが好《す》きなんじゃないかな」

なんだか言《い》いながら恥《は》ずかしくなってきて、蓮《れん》は赤《あか》くなってうつむいてしまう。

するとと玲央《れお》が、うん、とうなずいた。

「そのパスワード、試《ため》してみよう。蓮《れん》は周《まわ》りをよく見《み》てるから、当《あ》たってる気《き》がする」

「え？　俺《おれ》が？」

思《おも》いがけないことを言《い》われて、蓮《れん》は目《め》を丸《まる》くした。

「うん。絵《え》を描《か》くのが趣味《しゅみ》だからかな。何《なに》か異変《いへん》があった時《とき》には、いつも一番《いちばん》に気《き》がついてくれるだろ」

「そうそう。渋谷《しぶや》コクーンビルディングに向《む》かう時《とき》だって、鬼《オニ》が来《き》たのに真《ま》っ先《さき》に気《き》がついてくれたし」

真里穂《まりほ》にも言《い》われ、蓮《れん》は胸《むね》が少《すこ》し高鳴《たかな》った。

人《ひと》から褒《ほ》められるのは慣《な》れていなくて、なんだか恥《は》ずかしい。

「別《べつ》に……買《か》いかぶりすぎだろ」

ぶっきらぼうにそう言《い》い返《かえ》したけど、この二人《ふたり》にそんなふうに言《い》ってもらえて、すごくうれしかった。

リアル鬼《オニ》ごっこファイナルが始《はじ》まってから、自分《じぶん》が嫌《いや》になることばかりだった。玲央《れお》や真里《まり》穂《ほ》のようなすごい人《ひと》に囲《かこ》まれて、自分《じぶん》はお荷物《にもつ》だと思《おも》っていた。だけど、玲央《れお》も真里《まり》穂《ほ》も、蓮《れん》のことを見《み》て、評価《ひょうか》してくれていた。

目頭《めがしら》がじんと熱《あつ》くなり、蓮《れん》はあわてて顔《かお》をそむけた。

何泣《なにな》きそうになってるんだ、俺《おれ》は。バカじゃないか。ちょっと褒《ほ》められたくらいで。

玲央《れお》はそんな蓮《れん》を微笑《ほほえ》ましそうに見《み》ると、再《ふたた》びシステムの画面《がめん》に目《め》を向《む》けた。

キーボードに手《て》を置《お》き、慎重《しんちょう》に「ichiha」という名前《なまえ》をパスワードとして打《う》ち込《こ》む。

すると、システムが瞬時《しゅんじ》に反応《はんのう》し、ログインが成功《せいこう》したことを示《しめ》すメッセージが画面《がめん》に表示《ひょうじ》された。

蓮《れん》と真里穂《まりほ》は顔《かお》を見合《みあ》わせた。

「本当《ほんとう》にこれで合《あ》ってたんだ……！」

画面《がめん》が切《き》り替《か》わり、ビル全体《ぜんたい》に電気《でんき》が供給《きょうきゅう》されたことを示《しめ》す地図《ちず》が映《うつ》し出《だ》される。

八階《はちかい》のサーバールームも、しっかり［電力《でんりょく》ＯＮ《オン》］と表示《ひょうじ》されていた。あとは蒼太《そうた》が、ビルの外《そと》からサーバールームに侵入《しんにゅう》してロックを解除《かいじょ》すれば、最上階《さいじょうかい》の杞紗《きさ》のもとまでたどり着《つ》くことができる。

八尋《やしろ》はきっと、予選《よせん》が終《お》わり一葉《いちは》に会《あ》えなくなったのが、寂《さび》しかったんだろう。

でも、だからってパスワードをichihaにするなんて……。変《へん》な鬼《オニ》もいるんだなと思《おも》うと
なんだかおかしくて、蓮《れん》は自然《しぜん》と笑《え》みをもらした。

「八尋《やしろ》、一葉《いちは》のこと好《す》きすぎるじゃん。ウケる」

「このパスワードのこと、一葉《いちは》には内緒《ないしょ》にしておこう」

楽《たの》しそうな真里穂《まりほ》に、玲央《れお》は苦笑《にがわら》いで釘《くぎ》を刺《さ》した。

玲央《れお》、蓮《れん》、そして真里穂《まりほ》は、無事《ぶじ》に電源設備《でんげんせつび》を起動《きどう》することに成功《せいこう》した。
再《ふた》び階段《かいだん》を上《のぼ》り、地上《ちじょう》へと戻《もど》る。そのままエントランスへ向《む》かおうとすると、後《うし》ろの方《ほう》
から小《ちい》さな足音《あしおと》が聞《き》こえてきた。
振《ふ》り返《かえ》ると、そこにいたのは、つぶらな目《め》をした脚《あし》の短《みじか》い犬《いぬ》。
鬼《オニ》に襲《おそ》われた時《とき》はぐれてしまった、コーギーのロンだ。

「ロン！」

蓮《れん》が呼《よ》ぶと、舌《した》を出《だ》ししっぽを振《ふ》りながら駆《か》け寄《よ》ってきて、蓮《れん》の隣《となり》にいた真里穂《まりほ》に飛《と》びついた。

真里穂《まりほ》はしゃがみこんでロンを抱《だ》きしめ、頭《あたま》を撫《な》でてやる。

ロンは元気《げんき》いっぱいだった。怪我《けが》なども、していないようだった。

「よかった。無事《ぶじ》だったのね、ロン……！」

「この子《こ》が、蒼太《そうた》の相棒《あいぼう》か。よく戻《もど》って来《き》たね」

玲央《れお》も微笑《ほほえ》みながら横《よこ》から手《て》を伸《の》ばし、ロンの頭《あたま》を撫《な》でた。

ロンが帰《かえ》って来《き》たと知《し》ったら、蒼太《そうた》はきっと喜《よろこ》ぶだろう。早《はや》く蒼太《そうた》に伝《つた》えたくて、蓮《れん》たちはロンと一緒《いっしょ》に、足早《あしばや》に渋谷《しぶや》コクーンビルディングの中《なか》へと入《はい》った。

地下《ちか》の電源設備《でんげんせつび》を起動《きどう》したおかげで、先《さき》ほどまで薄暗《うすぐら》かったエントランスに、今《いま》は煌々《こうこう》と明《あ》かりが灯《とも》っていた。

「あ、お兄《にい》ちゃん！　玲央《れお》さんと真里穂《まりほ》さんも！」

「よかった、無事《ぶじ》に戻《もど》って来《き》て」

蓮《れん》たちの姿《すがた》を見《み》て、エレベーターホールの奥《おく》に隠《かく》れていた花《はな》と一葉《いちは》が、ほっとしたように姿《すがた》を見《み》せた。

四基《よんき》あるエレベーターの扉《とびら》は、どれもまだ固《かた》く閉《と》ざされたままだ。順番《じゅんばん》に呼《よ》び出《だ》しボタンを押《お》してみるが、いずれも動《うご》き出《だ》す気配《けはい》はない。

「……蒼太《そうた》さん、大丈夫《だいじょうぶ》かな……。もしかして、ビルの中《なか》に鬼《オニ》が……」

「あの蒼太《そうた》が、そんなに簡単《かんたん》にタッチされるわけないよ」

不安《ふあん》げな表情《ひょうじょう》を浮《う》かべる花《はな》を、蓮《れん》はそう言《い》ってなだめた。

「もうちょっと待《ま》ってみよう。素人《しろうと》がサーバーを動《うご》かすとか、普通《ふつう》に難《むずか》しいだろうし。玲《れ》央《お》みたいに簡単《かんたん》に色々操作《いろいろそうさ》できる人《ひと》の方《ほう》がレアなんだよ」

しかし、蓮《れん》の胸《むね》の奥《おく》にも、徐々《じょじょ》に不安《ふあん》が広《ひろ》がっていた。

時間《じかん》は刻一刻《こくいっこく》と過《す》ぎていくが、エレベーターが動《うご》き出《だ》す気配《けはい》は一向《いっこう》にない。サーバールームで何《なに》が起《お》こっているのか――動《うご》き出《だ》した空調《くうちょう》の風《かぜ》が冷《ひ》ややかに吹《ふ》きつける中《なか》、玲央《れお》は眉《まゆ》をひそめた。

「……ちょっと遅《おそ》すぎるな。地下電源設備《ちかでんげんせつび》と違《ちが》って、サーバールームのシステム操作《そうさ》はそんなに難《むずか》しくないはず。蒼太《そうた》ならすぐにやってのけると思《おも》ってたけど……」

焦燥感《しょうそうかん》が、みんなの心《こころ》を締《し》め付《つ》けていく。

もしかして――蒼太《そうた》は本当《ほんとう》に、鬼《オニ》にタッチされてしまったのかもしれない。

その時《とき》、ずっと引《ひ》っかかっていた考《かんが》えが、蓮《れん》の頭《あたま》をよぎった。

「まさか……蒼太《そうた》は一人《ひとり》で最上階《さいじょうかい》に行《い》くつもりなんじゃ……？」

「え？」

玲央《れお》が意外《いがい》そうに目《め》を見開《みひら》く。

「そんな……何故《なぜ》わざわざそんな、危険《きけん》なことを？」

「自分《じぶん》の手《て》で決着《けっちゃく》をつけるためだよ。蒼太《そうた》は黒幕《くろまく》である杞紗《きさ》のことを、すごく恨《うら》んでたんだ。予選《よせん》で会《あ》ったスウジって友達《ともだち》が死《し》んだのは、黒幕《くろまく》のせいだって……。たとえ同《おな》じ立場《たちば》に堕《お》ちてもいいから黒幕《くろまく》を倒《たお》すべきだって、玲央《れお》にもそう言《い》ってたじゃん」

「確《たし》かに、そう言《い》ってたけど……でもだからって、一人《ひとり》で乗《の》り込《こ》むような無茶《むちゃ》を蒼太《そうた》がするか？」

「すると思《おも》う」

きっぱりとそう言《い》いきったのは、真里穂《まりほ》だった。

「蒼太《そうた》ならやりかねない。ていうか、むしろ、すっごくやりそう。蒼太《そうた》ってね、人《ひと》に頼《たよ》るのが苦手《にがて》なの。リアル鬼《オニ》ごっこの予選《よせん》でも、周《まわ》りの大人《おとな》を信用《しんよう》しないで、なんでも自分《じぶん》でやろうとしてた。そういう蒼太《そうた》の強《つよ》さに、何回《なんかい》も助《たす》けられたけど……」

一度《いちど》言葉《ことば》を切《き》ると、真里穂《まりほ》は、ハァ、とため息《いき》をついた。

「でも今回《こんかい》は、蒼太《そうた》のその気持《きも》ちの強《つよ》さが悪《わる》い方《ほう》に出《で》ちゃったのかも……」

ポーン
小《ちい》さな電子音《でんしおん》が鳴《な》り、蓮《れん》たちははっとして顔《かお》を向《む》けた。

四基《よんき》あるエレベーターのうち、一基《いっき》が動《うご》き始《はじ》めている。階数表示《かいすうひょうじ》のパネルには、八階《はちかい》で停《と》まっていたはずのエレベーターが、九階《きゅうかい》、十階《じっかい》、十一階《じゅういっかい》、十二階《じゅうにかい》……と上昇《じょうしょう》していく様《よう》子《す》が示《しめ》されていた。

「八階《はちかい》……サーバールームのあるフロアから、上《うえ》にあがってる。きっと蒼太《そうた》が乗《の》ってるんだ……！」

一葉《いちは》は急《いそ》いで他《ほか》のエレベーターのボタンを押《お》したが、どれも動《うご》かなかった。

動《うご》くのは、今蒼太《いまそうた》が乗《の》っている一基《いっき》だけのようだ。

「まずい……！」

玲央《れお》はポケットからスマホを取《と》り出《だ》すと、あわてた様子《ようす》で画面《がめん》を操作《そうさ》し始《はじ》めた。

「え、玲央《れお》。そのスマホ、どうしたの？」と、真理穂《まりほ》。

「地下室《ちかしつ》にあったのを持《も》ち出《だ》してきたんだ。このビルの管理《かんり》システムにつないである。このまま蒼太《そうた》を杞紗《きさ》のもとに行《い》かせるわけにはいかないから……」

玲央《れお》は早口《はやくち》に言《い》いながらスマホをタップして、管理《かんり》システムのメニューを操作《そうさ》した。ビル全体《ぜんたい》の電力供給《でんりょくきょうきゅう》を制御《せいぎょ》する画面《がめん》にたどり着《つ》くと、迷《まよ》いなく電源《でんげん》を落《お》とす。

すると、再《ふた》び辺《あた》りの照明《しょうめい》が落《お》ち、上昇《じょうしょう》していたエレベーターも二十一階《にじゅういっかい》で停止《ていし》した。

「再《ふた》び電源《でんげん》を落《お》とした。これでエレベーターはまた動《うご》かなくなったけど……蒼太《そうた》なら停止《ていし》したエレベーターからたやすく脱出《だっしゅつ》するはずだ。そして非常階段《ひじょうかいだん》を使《つか》って、いずれ杞紗《きさ》のいる五十五階《ごじゅうごかい》にたどり着《つ》いてしまう」

「非常階段《ひじょうかいだん》の扉《とびら》はロックされてるんじゃなかった？」

蓮《れん》が聞《き》くと、玲央《れお》はスマホを操作《そうさ》して画面《がめん》を切《き》り替《か》え、「いや」と首《くび》を振《ふ》った。

「八階《はちかい》より上《うえ》の非常階段《ひじょうかいだん》の扉《とびら》は、ロックが解除《かいじょ》されてる。これも蒼太《そうた》がやったんだろう」

「てことは、一階《いっかい》にいる私《わたし》たちは非常階段《ひじょうかいだん》を使《つか》えないの？」

「階段《かいだん》の扉《とびら》、なんとかして開《あ》けられないかな」

一葉《いちは》と花《はな》が不安《ふあん》そうに言《い》い、玲央《れお》も口元《くちもと》に手《て》を当《あ》てて考《かんが》え込《こ》んだ。

「……八階《はちかい》にあるサーバールームまで行《い》ければ、ロックは解除《かいじょ》できるしエレベーターも動《うご》かせる……なんとかしてたどり着《つ》く方法《ほうほう》があれば……」

「なんで？」

真里穂《まりほ》が不思議《ふしぎ》そうな表情《ひょうじょう》で口《くち》を挟《はさ》んだ。

みんなが、ハッとしたように真里穂《まりほ》の顔《かお》を見《み》る。

「このままにしておいたらだめなの？　蒼太《そうた》は、自分一人《じぶんひとり》で杞紗《きさ》に復讐《ふくしゅう》したがってる。それなら、やらせてあげようよ」

「え……」

思《おも》いがけない真里穂《まりほ》の言葉《ことば》に、蓮《れん》は不意《ふい》を突《つ》かれた。

蒼太《そうた》をこのまま行《い》かせる——そんなこと、思《おも》ってもみなかった。当然《とうぜん》のように、蒼太《そうた》を止《と》めるべきだと考《かんが》えていたのだ。

玲《れ》央《お》と花《はな》、一葉《いちは》も、とまどったような表情《ひょうじょう》だ。

「それって——蒼《そう》太《た》をこのまま、人殺《ひとごろ》しにするってこと？　真《ま》里《り》穂《ほ》はそれでいいの？」

一葉《いちは》が声《こえ》を震《ふる》わせて問《と》いただすと、真《ま》里《り》穂《ほ》は「よくないよ」と首《くび》を振《ふ》った。

「だけど、それって私《わたし》たちが決《き》めることじゃないんじゃないかな。私《わたし》、予選《よせん》からずっと蒼《そう》太《た》を見《み》てきたの。アイツ、本当《ほんとう》に友達想《ともだちおも》いなんだよ。いつもまっすぐで、自分《じぶん》のことなんて後回《あとまわ》しにして周《まわ》りを助《たす》けてくれる。そして自分《じぶん》の行動《こうどう》には、いつも責任《せきにん》を取《と》ってきた。蒼《そう》太《た》が、その覚悟《かくご》を決《き》めて杞紗《きさ》のもとへ向《む》かったなら……私《わたし》は蒼《そう》太《た》の邪魔《じゃま》をしたくない」

真《ま》里《り》穂《ほ》の口調《くちょう》は、いたって冷静《れいせい》だった。

もしかしたら、蒼《そう》太《た》ならこうするだろうと、真《ま》里《り》穂《ほ》はとっくに予想《よそう》していたのかもしれない。

「私《わたし》、蒼《そう》太《た》の相棒《あいぼう》なの。だから、蒼《そう》太《た》の望《のぞ》みを尊重《そんちょう》したいよ」

真《ま》里《り》穂《ほ》の言葉《ことば》が、重《おも》くその場《ば》に響《ひび》き渡《わた》る。

短《みじか》い沈黙《ちんもく》の後《あと》、玲《れ》央《お》がゆっくりと口《くち》を開《ひら》いた。

「……もし、蒼太《そうた》が杞紗《きさ》に負《ま》けたら？」

「その時《とき》は――」

真里穂《まりほ》は決然《けつぜん》とした表情《ひょうじょう》で続《つづ》けた。

「私《わたし》が杞紗《きさ》を殺《ころ》すよ。絶対《ぜったい》」

真里穂《まりほ》の目《め》には、迷《まよ》いが微塵《みじん》もなかった。

ただ、蒼太《そうた》に寄《よ》り添《そ》いたい、尊重《そんちょう》したいという強《つよ》い意志《いし》だけが浮《う》かんでいる。

「そんなの、絶対《ぜったい》だめ」

一葉《いちは》が、いつになく強《つよ》い口調《くちょう》で反対《はんたい》した。

「私《わたし》たち、リアル鬼《オニ》ごっこにうんざりしてたんじゃないの？　こんなくだらないゲーム、存在《そんざい》しちゃだめだって……そのためにファイナルで勝《か》って、終《お》わらせようとしてたんじゃないの？　それなのに、それなのに、報復《ほうふく》のためにまた相手《あいて》を殺《ころ》すなんて……それじゃあキリがないよ」

「全然《ぜんぜん》、同《おな》じじゃない。向《む》こうが先《さき》に、私《わたし》たちへ理不尽《りふじん》な仕打《しう》ちをしたんだよ。それに抗《あらが》うことの何《なに》が悪《わる》いのかわかんない。一葉《いちは》だって、爆弾《ばくだん》で杞紗《きさ》のクローンを殺《ころ》した時《とき》は、反《はん》対《たい》しなかったじゃん」

「あの時《とき》は、攻撃《こうげき》されてたから……。もしも、リアル鬼《オニ》ごっこを終《お》わらせるためにどうしても杞紗《きさ》を殺《ころ》さなくちゃいけなくなったとしても、その罪《つみ》は蒼太《そうた》一人《ひとり》に押《お》し付《つ》けたくないよ。ここまで来《き》たんだよ。最後《さいご》までみんなで背負《せお》おうよ」

言《い》い合《あ》う一葉《いちは》と真里穂《まりほ》を前《まえ》に、花《はな》は困《こま》ったような視線《しせん》を蓮《れん》に送《おく》った。

花《はな》も一葉《いちは》も玲央《れお》も、蒼太《そうた》を止《と》めたがっている。

だけど、この中《なか》で一番《いちばん》蒼太《そうた》のことを知《し》っている真里穂《まりほ》は、蒼太《そうた》を行《い》かせたがっている。

どちらの意見《いけん》にも、それぞれに正《ただ》しさがあるし、その気持《きも》ちも理解《りかい》できる。

じゃあ――俺《おれ》は、どうすればいいんだろう。

蓮《れん》は深《ふか》く息《いき》を吸《す》い、頭《あたま》の中《なか》に渦巻《うずま》く自分《じぶん》の感情《かんじょう》を探《さぐ》ろうとした。

蒼太《そうた》を追《お》うべきか。それとも彼《かれ》の意志《いし》を尊重《そんちょう》すべきか。

リアル鬼《オニ》ごっこに参加《さんか》するまで、蓮《れん》はずっと、好《す》き勝手《かって》に生《い》きてきた。不快《ふかい》なことばかりの毎日《まいにち》から逃《に》げ出《だ》し、ただなんとなく時間《じかん》が過《す》ぎるのを待《ま》って、日常《にちじょう》をやり過《す》ごしていた。誰《だれ》も俺《おれ》のことなんて必要《ひつよう》としてないし、俺《おれ》も誰《だれ》も必要《ひつよう》としてない。このまま一人《ひとり》で生《い》きていく。それが当《あ》たり前《まえ》で、自然《しぜん》なことだと思《おも》っていた。

だけど、蒼太《そうた》や、他《ほか》のみんなと過《す》ごす時間《じかん》は、今《いま》まで感《かん》じたことのない心地《ここち》よさを蓮《れん》に教《おし》えてくれた。

誰《だれ》かと一緒《いっしょ》に笑《わら》ったり、悩《なや》んだり、助《たす》け合《あ》う。それは蓮《れん》にとって初《はじ》めての経験《けいけん》だった。

自分《じぶん》が誰《だれ》かを助《たす》けることもあれば、助《たす》けられることもあった。初日《しょにち》に鬼《オニ》に囲《かこ》まれた時《とき》には蒼太《そうた》が助《たす》けてくれて、それから一葉《いちは》が作《つく》った肉《にく》ジャガを三人《さんにん》で食《た》べた。玲央《れお》は蓮《れん》に色々《いろいろ》なことを教《おし》えてくれた。真里穂《まりほ》は、女《おんな》の子《こ》とは思《おも》えない身体能力《しんたいのうりょく》で、一緒《いっしょ》に何度《なんど》も戦《たたか》った。

そして花《はな》の存在《そんざい》は、蓮《れん》がこのリアル鬼《オニ》ごっこを生《い》き抜《ぬ》く原動力《げんどうりょく》だった。

彼《かれ》らと一緒《いっしょ》にいるのは楽《たの》しかった。きっと、こういう気持《きも》ちになれる相手《あいて》を、「友達《ともだち》」と呼《よ》ぶのだろう。

リアル鬼《オニ》ごっこが終《お》わっても、俺《おれ》はみんなと友達《ともだち》でいたい。もちろん、蒼太《そうた》とも。

そう願《ねが》う自分《じぶん》の気持《きも》ちを、蓮《れん》は心《こころ》の中《なか》で何度《なんど》も反《はん》すうした。

同時《どうじ》に、蒼太《そうた》が今《いま》しようとしていることを思《おも》うと、胸《むね》が締《し》め付《つ》けられるような思《おも》いがした。

いかに蒼太《そうた》が望《のぞ》んでいようとも、復讐《ふくしゅう》のための人殺《ひとごろ》しなんてさせたくない。何《なに》より、杞紗《きさ》を殺《ころ》しても、蒼太《そうた》が本当《ほんとう》に満足《まんぞく》することなんてないはずだ。仇《かたき》を討《う》ったところで、失《うしな》ったものは戻《もど》らない。蒼太《そうた》が杞紗《きさ》を殺《ころ》した後《あと》、どれほどのむなしさを背負《せお》うことになるのか、蓮《れん》には想像《そうぞう》もつかなかった。

「……俺《おれ》は、蒼太《そうた》を止《と》めたい」

蓮《れん》は迷《まよ》いながらも、そう告《つ》げた。

その決意《けつい》の言葉《ことば》は、自分自身《じぶんじしん》の心《こころ》の中《なか》にも、強《つよ》く響《ひび》いた。

「俺《おれ》じゃ止《と》められないかもしれないけど……このまま、だまって見《み》ているなんてできない。蒼太《そうた》は俺《おれ》の友達《ともだち》だ。みすみす人殺《ひとごろ》しになんてさせたくない」

「うん。お兄《にい》ちゃんなら、そう言《い》うよね」

花《はな》は静《しず》かにうなずき、蓮《れん》の手《て》をそっと握《にぎ》った。

真里穂《まりほ》が何《なに》か言《い》い返《かえ》そうと、口《くち》を開《あ》けかけたその時《とき》——。

ずっと真里穂《まりほ》に抱《だ》かれていたロンが、するりと腕《うで》から抜《ぬ》けた。

トンと床《ゆか》に下《お》り立《た》ったふわふわの身体《からだ》が、突然《とつぜん》光《ひかり》を放《はな》ち始《はじ》める。

そして、身体《からだ》の輪郭《りんかく》が、むくむくと大《おお》きく広《ひろ》がり始《はじ》めた。

手足《てあし》が伸《の》び、こげ茶色《ちゃいろ》の体毛《たいもう》が金色《きんいろ》に染《そ》まっていく。つぶらな黒《くろ》い瞳《ひとみ》はきゅっと細《ほそ》まって澄《す》んだ青色《あおいろ》へと変化《へんか》した。

目元《めもと》と眉《まゆ》には、不思議《ふしぎ》な水色《みずいろ》の文様《もんよう》が浮《う》かび上《あ》がる。

そして、あっという間《ま》に、美《うつく》しい黄金《おうごん》の獣《けもの》へと変身《へんしん》してしまった。

「へ……」

蓮《れん》は目《め》を見張《みは》った。

「お前《まえ》——ロ、ロロ、ロン、なのか？」

返事《へんじ》をするかのように、黄金《おうごん》の獣《けもの》は「キャン！」と甲高《かんだか》く鳴《な》いた。

「かわいーっ！」

花《はな》がぎゅっとロンの首《くび》に手《て》をまわして抱《だ》きついた。

「は、花《はな》、すごいな？　受《う》け入《い》れるの、早《はや》いな……？」

「だってこんなにかわいいんだよ、お兄《にい》ちゃん」

「かわいいっていうか……」

蓮《れん》はちらりと黄金《おうごん》の獣《けもの》を見《み》て、顔《かお》を赤《あか》くした。

「かっこいい、だろ……」

そう、黄金《おうごん》の獣《けもの》は、かっこよかった。小《ちい》さいころに憧《あこが》れた伝説《でんせつ》の生《い》き物《もの》のように、優雅《ゆうが》で洗練《せんれん》された姿《すがた》。

絵《え》に描《か》きたい……。

視線《しせん》が釘付《くぎづ》けになる蓮《れん》の横《よこ》で、玲央《れお》もまじまじと、黄金《おうごん》の獣《けもの》に変身《へんしん》したロンの身体《からだ》を眺《なが》めていた。

「どういう仕組《しく》みなんだろう。成長《せいちょう》と共《とも》に体毛《たいもう》の色《いろ》が変《か》わる動物《どうぶつ》はよくいるけど、瞳《ひとみ》の色《いろ》まで完全《かんぜん》に変《か》わってる。しかもこの短時間《たんじかん》で……」

「ロンはもともと普通《ふつう》の犬《いぬ》だったんだけど、スウジに改造《かいぞう》されて、こうなっちゃったの」

真里穂《まりほ》はさらりとすごいことを言《い》いながら、ロンの頭《あたま》を優《やさ》しく撫《な》でた。

「だけどロンは、今《いま》のこの姿《すがた》も気《き》に入《い》ってるんだよ。ね？」

ロンはうれしそうに真里穂《まりほ》に顔《かお》をこすりつけると、しっぽをぶんぶんと振《ふ》った。さあ行《い》こう、と言《い》わんばかりのその表情《ひょうじょう》を見《み》て、花《はな》が「あ…」と何《なに》かに気《き》づく。

「今《いま》のロンなら……蒼太《そうた》さんみたいに外壁《がいへき》をのぼって、八階《はちかい》まで行《い》けるかも」

確《たし》かに……。

蓮《れん》は、ロンのするどくとがった爪《つめ》を見《み》た。この爪《つめ》なら、外壁《がいへき》の装飾《そうしょく》に引《ひ》っかけて壁《かべ》をのぼっていけるかもしれない。

八階《はちかい》のサーバールームに入《はい》れれば、非常階段《ひじょうかいだん》のロックを外《はず》すことも、エレベーターを動《うご》かすこともできるはずだ。

「やるしかない……」

蓮《れん》はロンの背《せ》にまたがろうとした。

それを見《み》て、真里穂《まりほ》が抗議《こうぎ》するように、一歩前《いっぽまえ》に出《で》る。

「私《わたし》に行《い》かせて」

「いや、真里穂《まりほ》はだめだよ」

蓮《れん》が言《い》うと、真里穂《まりほ》は不服《ふふく》そうに蓮《れん》をにらんだ。

「なんでよ」

「蒼太《そうた》が一人《ひとり》で向《む》かったのは、自分《じぶん》の手《て》で復讐《ふくしゅう》をしたかったたっていうのもあると思《おも》う。でも一番《いちばん》の理由《りゆう》は、真里穂《まりほ》を巻《ま》き込《こ》みたくなかったからだ」

「え……いやいや、それはないでしょ」

真里穂《まりほ》は心外《しんがい》そうに眉《まゆ》をひそめた。

「なんでそうなるの。私《わたし》は蒼太《そうた》の相棒《あいぼう》だよ？　今《いま》までずっと一緒《いっしょ》に戦《たたか》ってきたんだから。むしろ積極的《せっきょくてき》に蒼太《そうた》に協力《きょうりょく》したいし」

「でも蒼太《そうた》はそうしてほしいと思《おも》ってない。真里穂《まりほ》のこと、女《おんな》の子《こ》としても好《す》きなんだ。愛《あい》してるから、復讐《ふくしゅう》なんかに手《て》を染《そ》めてほしくないと思《おも》ってる」

「………」

しばらく間《ま》があった後《あと》、真里穂《まりほ》はそれまでの緊迫《きんぱく》した雰囲気《ふんいき》が嘘《うそ》のように、「へぇえ!?」と素《す》っ頓狂《とんきょう》な声《こえ》をあげた。

「好《す》きって何《なに》!?　蒼太《そうた》が？　は!?　いやいや……え?!　いや、ないでしょ?!　どうしてそんなこと……」

「あーもう、めんどくさいな。くわしい説明《せつめい》は、全部終《ぜんぶお》わってからにしてくれる？」

蓮《れん》はうんざりして肩《かた》をすくめた。

蒼太《そうた》が真里穂《まりほ》を好《す》きなことなんて、傍《はた》から見《み》ればバレバレだったのに、なんで真里穂《まりほ》は気《き》づかないんだろう。もしかして玲央《れお》が褒《ほ》めてくれたように、俺《おれ》って本当《ほんとう》に洞察力《どうさつりょく》がするどい方《ほう》なのかな。

「え、蒼太《そうた》が？　私《わたし》を？　……へ？　……ええ⁉　……え⁉」

まだ一人《ひとり》でびっくりしている真里穂《まりほ》を横目《よこめ》に、玲央《れお》が真剣《しんけん》な表情《ひょうじょう》で蓮《れん》に言《い》った。

「蓮《れん》、サーバールームに入《はい》ったら操作《そうさ》パネルを探《さが》してくれ。電気《でんき》が消《き》えてると思《おも》うけど、君《きみ》がサーバールームに入《はい》ったのを確認《かくにん》したら、僕《ぼく》がまたビルの電源《でんげん》を入《い》れる。そうしたらモニターがつくはずだから、非常階段《ひじょうかいだん》のロックを外《はず》して、エレベーターを動《うご》かしてくれ。落《お》ち着《つ》いて操作《そうさ》すれば大丈夫《だいじょうぶ》だよ。地下《ちか》の電源室《でんげんしつ》と違《ちが》って、誰《だれ》でも操作《そうさ》できるようになってると思《おも》うから」

「わかった」

蓮《れん》はうなずくと、ロンの背中《せなか》にまたがった。

「……お兄《にい》ちゃん、気《き》をつけてね」

花《はな》が心配《しんぱい》そうに語《かた》りかける。

「鬼《オニ》たちは、私《わたし》たちがバラバラに行動《こうどう》するタイミングを狙《ねら》って襲《おそ》ってくる。杞紗《きさ》はきっとまた、何《なに》かを仕掛《しか》けてくるわ」

「わかってる。花《はな》も――気《き》をつけて」

蓮《れん》は花《はな》の頭《あたま》にぽんと手《て》を置《お》くと、玲央《れお》、真里穂《まりほ》、一葉《いちは》と順番《じゅんばん》に目《め》を合《あ》わせた。

単独行動《たんどくこうどう》を取《と》るのは、少《すこ》しの間《あいだ》だけだ。エレベーターが動《うご》き出《だ》せば、すぐにまたみんなと合流《ごうりゅう》できるはず。

蓮《れん》がロンの背《せ》にしっかりと身《み》を預《あず》けると、ロンはダッと力強《ちからづよ》く地面《じめん》を蹴《け》って走《はし》り出《だ》した。

ビュンビュンと風《かぜ》が顔《かお》に当《あ》たり、背筋《せすじ》がぶるっと震《ふる》える。やわらかい毛並《けな》みの下《した》にある、太《ふと》くゴツゴツとした背骨《せぼね》の感触《かんしょく》が、なんだか心強《こころづよ》い。

ガシャン！

エントランスに割《わ》れ残《のこ》っていたガラスを体当《たいあ》たりで破壊《はかい》し、外《そと》へと飛《と》び出《だ》すと、ロンはダッと床《ゆか》を蹴《け》った。

勢《いきお》いよく跳《と》びあがり、外壁《がいへき》にしがみつく。

そして装飾《そうしょく》にするどい爪《つめ》をかけ、猫《ねこ》が木《き》をのぼるように、するするとビルをのぼり始《はじ》めた。

うわあ……！　すご……！

蓮《れん》は両手《りょうて》でしっかりとロンの毛《け》をつかみ、背中《せなか》の丸《まる》みを足《あし》で挟《はさ》むようにして必死《ひっし》にしがみついた。

ロンは外壁《がいへき》を駆《か》け上《あ》がり、あっという間《ま》に八階《はちかい》へと到達《とうたつ》した。

割《わ》れた窓《まど》から、部屋《へや》の中《なか》へと飛《と》び込《こ》む。

しかし、その瞬間《しゅんかん》、蓮《れん》の表情《ひょうじょう》が凍《こお》りついた。

「……嘘《うそ》だろ……」

サーバールームのモニターが、粉々《こなごな》に割《わ》れていたのだ。

モニターには大《おお》きな亀裂《きれつ》がいくつも走《はし》り、粉々《こなごな》になった破片《はへん》がいくつも床《ゆか》に散《ち》らばっている。

これでは何《なに》も操作《そうさ》することができない。

「まさか……蒼太《そうた》がやったのか……？」

蓮《れん》は絶望《ぜつぼう》に包《つつ》まれて、ぼう然《ぜん》とその場《ば》に立《た》ち尽《つ》くした。

EPISODE.5

エピソード5

　ドローンを退《しりぞ》けサーバールームに侵入《しんにゅう》した蒼太《そうた》は、床《ゆか》に座《すわ》り、薄暗《うすぐら》い部屋《へや》の中《なか》を見渡《みわた》していた。

　目《め》の前《まえ》には、明《あ》かりが消《き》えたモニターが並《なら》んでいる。その無機質《むきしつ》さが、今《いま》はなんだか重《おも》たく感《かん》じられた。

　蒼太《そうた》は、蓮《れん》たちを最上階《さいじょうかい》に行《い》かせるつもりなどなかった。動《うご》かすのはたった一基《いっき》、蒼太《そうた》が今《いま》いるサーバールームのある八階《はちかい》で停《と》まっているエレベーターだけだ。それに乗《の》って自《じ》分《ぶん》は、最上階《さいじょうかい》へ行《い》き、杞紗《きさ》を殺《ころ》す。

　それは、真里穂《まりほ》や他《ほか》の仲間《なかま》たちにとって、裏切《うらぎ》りに等《ひと》しい行動《こうどう》だろう。みんな、自分《じぶん》を許《ゆる》してくれるのだろうか。いや、許《ゆる》されるべきなのかどうかさえ、わからない。

それでも、誰《だれ》にも邪魔《じゃま》をさせるつもりはなかった。

頭《あたま》の中《なか》には、スウジの最期《さいご》の記憶《きおく》が鮮明《せんめい》によみがえっていた。


——蒼太《そうた》、真里穂《まりほ》。君《きみ》たちとリアル鬼《オニ》ごっこができて、楽《たの》しかったよ。こんなことを思《おも》うようになったのは、自分《じぶん》でも不思議《ふしぎ》なんだけど……僕《ぼく》が死《し》ぬのは怖《こわ》くなくても、君《きみ》たちが死《し》ぬのはすごく嫌《いや》なんだ。君《きみ》たちには、生《い》きて、このゲームを勝《か》ち抜《ぬ》いてほしい。


スウジはそう言《い》って、蒼太《そうた》と真里穂《まりほ》を助《たす》けるために、自《みずか》ら囮《おとり》になって鬼《オニ》に食《く》われた。蒼《そう》太《た》の目《め》の前《まえ》で。

あの時《とき》のスウジの気持《きも》ちが、今《いま》なら痛《いた》いほどよくわかる。

自分《じぶん》の手《て》を染《そ》めるのは怖《こわ》くない。だけど、真里穂《まりほ》や他《ほか》のみんなが、殺人者《さつじんしゃ》になってしまうのはたまらなく怖《こわ》い。スウジがそうしたように、蒼太《そうた》もまた、自分《じぶん》を犠牲《ぎせい》にしてでも、真里穂《まりほ》や一葉《いちは》、蓮《れん》、花《はな》、玲央《れお》をこの危険《きけん》な状況《じょうきょう》から遠《とお》ざけたかった。

初代《しょだい》リアル鬼《オニ》ごっこで佐藤翼《さとうつばさ》がそうしたように、敵《てき》の目《め》の前《まえ》まで出向《でむ》き直接心臓《ちょくせつしんぞう》を貫《つらぬ》いて、リアル鬼《オニ》ごっこを終《お》わらせる。

その役目《やくめ》は自分《じぶん》が引《ひ》き受《う》ける。

「……俺《おれ》は一人《ひとり》でやる」

蒼太《そうた》は自分《じぶん》に言《い》い聞《き》かせるようにつぶやいた。

自分《じぶん》が背負《せお》うべきは、仲間《なかま》の命《いのち》を守《まも》ること。そしてそのためには、たとえ彼《かれ》らが怒《いか》りや悲《かな》しみを抱《いだ》くことになっても、この選択《せんたく》をするしかない。

蒼太《そうた》は拳《こぶし》を強《つよ》く握《にぎ》りしめ、強《つよ》く心《こころ》を決《き》めた。

だが、その決意《けつい》の奥《おく》には、少《すこ》しだけ、迷《まよ》いのような気持《きも》ちがひそんでいるような気《き》もする。そのたびに蒼太《そうた》は、スウジの最期《さいご》の言葉《ことば》を思《おも》い返《かえ》して、自分《じぶん》を奮《ふる》い立《た》たせた。

しばらく待《ま》っていると、部屋《へや》のどこかで、小《ちい》さな機械音《きかいおん》がした。

モニターの裏側《うらがわ》で、小《ちい》さなファンがまわり始《はじ》めたのだ。それから、蛍光灯《けいこうとう》が点灯《てんとう》して、部屋《へや》の中《なか》が明《あか》るくなった。

あちこちで小《ちい》さな緑色《みどりいろ》のランプが点滅《てんめつ》し、サーバーが再《ふたた》び稼働《かどう》したことを告《つ》げる。モニターの画面《がめん》も明《あか》るくなって、システムが立《た》ち上《あ》がった。

蒼太《そうた》は深呼吸《しんこきゅう》を一《ひと》つして、モニターをのぞきこんだ。

玲央《れお》の言《い》っていた通《とお》り、操作《そうさ》は難《むずか》しくなさそうだ。画面《がめん》の上部《じょうぶ》に並《なら》んだボタンの中《なか》から、「エレベーター制御《せいぎょ》」を選択《せんたく》する。

そこからは少《すこ》し手間取《てまど》ったが、手早《てばや》く指《ゆび》を動《うご》かし、なんとかエレベーターを一基《いっき》だけ動《うご》かすように設定《せってい》をした。

「停止中《ていしちゅう》」と表示《ひょうじ》されているボタンをタップすると、画面《がめん》が一瞬暗《いっしゅんくら》くなり、「稼働中《かどうちゅう》」に表示《ひょうじ》が切《き》り替《か》わった。

「これで……動《うご》くはず……」

蒼太《そうた》は小《ちい》さくつぶやき、サーバールームを出《で》てエレベーターホールへと向《む》かった。

階数表示《かいすうひょうじ》のパネルが点灯《てんとう》している。ボタンを押《お》すと、エレベーターのドアが開《あ》き、蒼太《そうた》を中《なか》へと招《まね》き入《い》れた。

ドクン、ドクン――。

心臓《しんぞう》の鼓動《こどう》が、耳《みみ》に響《ひび》く。

蒼太《そうた》はボタンを押《お》そうと指《ゆび》を伸《の》ばしたが、ふと思《おも》い立《た》って、サーバールームに戻《もど》った。

もしかしたら、真里穂《まりほ》たちが自分《じぶん》を追《お》いかけて、なんらかの方法《ほうほう》でサーバールームへ入《はい》って来《く》るかもしれない。そうなった時《とき》、エレベーターを動《うご》かして追《お》いかけてくるようなことがないように――。

蒼太《そうた》は、廊下《ろうか》に設置《せっち》されていた消火器《しょうかき》を持《も》ってくると、手前《てまえ》にあったモニターに勢《いきお》いよく叩《たた》きつけた。

ガチャン‼

モニターが粉々《こなごな》に砕《くだ》け散《ち》る。

隣《となり》にあったモニターも次々《つぎつぎ》と叩《たた》き割《わ》り、室内《しつない》のすべてのモニターを破壊《はかい》した。

これで、あとから誰《だれ》かが来《き》ても、モニターを操作《そうさ》してエレベーターを動《うご》かすことはできないはずだ。

もう後戻《あともど》りはできない。蒼太《そうた》はエレベーターに戻《もど》り、五十五階《ごじゅうごかい》のボタンを押《お》した。

エレベーターは蒼太《そうた》を乗《の》せ、最上階《さいじょうかい》を目指《めざ》して上昇《じょうしょう》し始《はじ》める。

――が。

少《すこ》し上昇《じょうしょう》しただけで、すぐに止《と》まってしまった。まだ二十一階《にじゅういっかい》だ。

「玲央《れお》か……」

蒼太《そうた》は舌打《したう》ちした。

玲央《れお》が再《ふたた》び電源《でんげん》を落《お》としたのだろう。

跳《と》びあがってエレベーターの天井《てんじょう》を押《お》すと、簡単《かんたん》に外《はず》れた。蒼太《そうた》は天井《てんじょう》に手《て》をかけると、一気《いっき》に身体《からだ》を持《も》ち上《あ》げ、狭《せま》いスペースに身《み》を滑《すべ》り込《こ》ませた。天井《てんじょう》の上《うえ》に立《た》つと、上《うえ》へとまっすぐに伸《の》びているワイヤーが目《め》に入《はい》る。

「これをのぼるしかないな……」

蒼太《そうた》はワイヤーをつかみ、呼吸《こきゅう》を整《ととの》えた。

そしてワイヤーをつたい、上《うえ》へ上《うえ》へと身体《からだ》を持《も》ち上《あ》げた。

パルクールで鍛《きた》えた蒼太《そうた》にとっても、ワイヤーをつたって何《なん》メートルものぼるのは重労《じゅうろう》働《どう》だった。ひたすらに腕《うで》と足《あし》の力《ちから》を使《つか》い、自分《じぶん》の身体《からだ》を引《ひ》き上《あ》げ続《つづ》ける。

「はぁっ……はぁっ……」

しばらく頑張《がんば》って、ようやく二十二階《にじゅうにかい》のエレベーターの扉《とびら》にたどり着《つ》いた。

扉《とびら》の隙間《すきま》に手《て》をかけ、力任《ちからまか》せに開《ひら》くと、意外《いがい》なほどあっさりと扉《とびら》が開《あ》いた。

「あ～……！　やっと着《つ》いた……！」

疲労感《ひろうかん》で、腕《うで》がじんじんしびれている。

それでも、休《やす》んでいる暇《ひま》などない。蒼太《そうた》はエレベーターホールの奥《おく》にある、非常階段《ひじょうかいだん》へと飛《と》び込《こ》んだ。

杞紗《きさ》がいる五十五階《ごじゅうごかい》を目指《めざ》し、ゆっくりと階段《かいだん》を上《あ》がり始《はじ》める。

本気《ほんき》で駆《か》け上《あ》がれば、五十五階《ごじゅうごかい》まであっという間《ま》に到達《とうたつ》できるだろうが、蒼太《そうた》は体力《たいりょく》を温存《おんぞん》することを選《えら》んだ。

息《いき》を整《ととの》え、着実《ちゃくじつ》に一段《いちだん》ずつ、杞紗《きさ》へと近《ちか》づいて行《い》く。

薄暗《うすぐら》い非常階段《ひじょうかいだん》を、蒼太《そうた》は自分《じぶん》の呼吸《こきゅう》と足音《あしおと》だけを聞《き》きながら進《すす》んでいった。


粉々《こなごな》に割《わ》れたモニターを前《まえ》に、蓮《れん》はぼう然《ぜん》と立《た》ち尽《つ》くしていた。

モニターが壊《こわ》れてしまっては、何《なに》もできない――どうしようもない現実《げんじつ》が彼《かれ》に押《お》し寄《よ》せ、無力感《むりょくかん》が心《こころ》の中《なか》に広《ひろ》がっていく。

その時《とき》、蓮《れん》の後《うし》ろで、ロンが「ワン！」と甲高《かんだか》く吠《ほ》えた。振《ふ》り返《かえ》ると、サファイアのような青《あお》い瞳《ひとみ》が、力強《ちからづよ》く蓮《れん》を見《み》つめている。そのまなざしは、頑張《がんば》れと蓮《れん》の背中《せなか》を押《お》しているかのようだ。

「……だよな。自力《じりき》で上《のぼ》って行《い》けばいいだけだ」

エレベーターを動《うご》かせないなら、非常階段《ひじょうかいだん》を使《つか》えばいい。八階《はちかい》から上《うえ》の非常階段《ひじょうかいだん》の扉《とびら》はロックが外《はず》れていると、玲央《れお》が言《い》っていたはずだ。

八階《はちかい》から、五十五階《ごじゅうごかい》まで。

蓮《れん》の足《あし》で、どれだけ時間《じかん》がかかるだろうか。蒼太《そうた》と違《ちが》い、蓮《れん》はインドア派《は》だ。自慢《じまん》じゃないが体力《たいりょく》には自信《じしん》がない。

けど。行《い》くしかない。

「ロン。お前《まえ》は一度下《いちどした》へ戻《もど》って、玲央《れお》や他《ほか》のみんなをここまで連《つ》れて来《き》てくれ。玲央《れお》ならもしかしたら、このモニターでも何《なに》かできるかもしれない」

蓮《れん》の指示《しじ》に、ロンは小《ちい》さくうなずいてしっぽを振《ふ》った。そして、割《わ》れた窓《まど》からピョンと外《そと》へ飛《と》び出《だ》し、外壁《がいへき》の装飾《そうしょく》に爪《つめ》を引《ひ》っかけながら、一階《いっかい》へと下《お》りて行《い》った。

その姿《すがた》を見送《みおく》ると、蓮《れん》はすぐさま非常階段《ひじょうかいだん》へと向《む》かった。

階段《かいだん》は、静寂《せいじゃく》に包《つつ》まれていた。無限《むげん》に続《つづ》くかのように思《おも》える段《だん》の連《つら》なりが、目《め》の前《まえ》に立《た》ちはだかっている。

金属製《きんぞくせい》の手《て》すりに軽《かる》く触《ふ》れながら、蓮《れん》はダッと勢《いきお》いよく駆《か》け上《あ》がった。

暗《くら》く狭《せま》い空間《くうかん》に、タッタッタッという足音《あしおと》がこだまする。

やっと十五階《じゅうごかい》まで来《き》た時《とき》には、すでに疲労《ひろう》で足《あし》が重《おも》くなっていた。

だけど立《た》ち止《ど》まるわけにはいかない。

蓮《れん》は汗《あせ》をぬぐい、さらにスピードを上《あ》げた。

蒼太《そうた》を止《と》めなければならない。彼《かれ》が殺人者《さつじんしゃ》になってしまう前《まえ》に。

「俺《おれ》が止《と》めるんだ……蒼太《そうた》を……」

汗《あせ》が額《ひたい》をつたい、視界《しかい》がにじむ中《なか》、蓮《れん》はひたすらに上《うえ》を目指《めざ》して走《はし》り続《つづ》けた。


その頃《ころ》。

蒼太《そうた》はついに、最上階《さいじょうかい》へとたどり着《つ》いた。

息《いき》が荒《あら》くなり、汗《あせ》があごから流《なが》れ落《お》ちていたが、不思議《ふしぎ》なことに疲労《ひろう》はほとんど感《かん》じていない。

重《おも》たい扉《とびら》を押《お》し開《あ》けると、目《め》の前《まえ》には、何《なに》もない殺風景《さっぷうけい》な部屋《へや》が広《ひろ》がっていた。

広々《ひろびろ》としたフロアには、デスクや椅子《いす》などは何《なに》もない。白《しろ》い壁《かべ》と灰色《はいいろ》の床《ゆか》が、ただ無感《むかん》情《じょう》に蒼太《そうた》を迎《むか》え入《い》れるだけだ。

蒼太《そうた》はその場《ば》に立《た》ち止《ど》まり、視線《しせん》を遠《とお》くの窓《まど》へと向《む》けた。全面《ぜんめん》がガラス張《ば》りになった窓《まど》の外《そと》には、渋谷《しぶや》の街並《まちな》みが広《ひろ》がっている。

そしてその窓《まど》の前《まえ》には、大柄《おおがら》な男《おとこ》が立《た》っていた。

杞紗《きさ》、ではない。

男《おとこ》がゆっくりと振《ふ》り返《かえ》り、蒼太《そうた》は目《め》を見開《みひら》いた。

「お前《まえ》――」

房飾《ふさかざ》りのついた真《ま》っ赤《か》な帽子《ぼうし》と、赤《あか》い色《いろ》のネクタイ。ミリタリーコートのベルトや袖口《そでぐち》、そしてズボンもすべて赤色《あかいろ》だ。蓮《れん》や花《はな》から聞《き》いた、遊園地《ゆうえんち》で行《おこな》われたというリアル鬼《オニ》ごっこのことを思《おも》い出《だ》し、蒼太《そうた》はすぐにピンときた。

殺人《さつじん》アンドロイドの、レッドピエロだ。

「お前《まえ》も、このリアル鬼《オニ》ごっこの鬼《オニ》か……」

「蒼太《そうた》くん。君《きみ》は悪《わる》い子《こ》かな？　それとも良《よ》い子《こ》かな？」

レッドピエロは軽《かる》く首《くび》をかしげて言《い》うと、蒼太《そうた》に向《む》かってダッと駆《か》けだした。

「悪《わる》い子《こ》は僕《ぼく》にタッチされようね！！！」


その頃《ころ》。

玲央《れお》、一葉《いちは》、花《はな》、そして真里穂《まりほ》はロンに運《はこ》ばれて、八階《はちかい》のサーバールームへとたどり着《つ》いていた。

大《おお》きな機器《きき》の立《た》ち並《なら》ぶ部屋《へや》の中《なか》で、真《ま》っ先《さき》に目《め》についたのは破損《はそん》したモニターだ。

「モニターが割《わ》れてる!!　これも……蒼太《そうた》がやったのかな……」

一葉《いちは》が悲《かな》しそうにつぶやく。

「基幹《きかん》システムが損傷《そんしょう》してなければなんとかなるはずだ。ちょっと時間《じかん》がかかるかもしれないけど、直《なお》してみるよ」

玲央《れお》はモニターの破片《はへん》を拾《ひろ》うと、早速取《さっそくと》りかかった。

その時《とき》、サーバールームのドアが突然開《とつぜんあ》いて、ピエロたちが現《あらわ》れた。

イエローピエロに、グリーンピエロ、そしてブラックピエロとホワイトピエロもその後《あと》に続《つづ》く。

「あなたたち……遊園地《ゆうえんち》にいた……」

ピエロたちと戦《たたか》った記憶《きおく》がよみがえり、花《はな》はぞくりと背筋《せすじ》を震《ふる》わせた。

遊園地《ゆうえんち》で行《おこな》われたリアル鬼《オニ》ごっこは、他《ほか》のリアル鬼《オニ》ごっこよりも過酷《かこく》だった。このピエロたちによって、蓮《れん》と花以外《はないがい》の参加者《さんかしゃ》はみんな殺《ころ》されてしまったのだ。

「花《はな》ちゃんと蓮《れん》が参加《さんか》したリアル鬼《オニ》ごっこに現《あらわ》れたっていうピエロたちか」

玲央《れお》がつぶやき、真里穂《まりほ》と一葉《いちは》はすぐさま試験管《しけんかん》を取《と》り出《だ》して、ピエロたちに向《む》けた。

「僕《ぼく》たちはアンドロイド。効《き》き目《め》はないよ」

ブラックピエロは冷《ひ》ややかに言《い》い放《はな》つと、ダッと地面《じめん》を蹴《け》り、手前《てまえ》にいた玲央《れお》に向《む》かって突進《とっしん》した。

足《あし》を怪我《けが》している玲央《れお》は逃《に》げ遅《おく》れ、ブラックピエロにタックルされて、床《ゆか》の上《うえ》に押《お》し倒《たお》されてしまう。

「はい、タッチ」

ぽん、と玲央《れお》の額《ひたい》に手《て》のひらをのせると、ブラックピエロはさっと玲央《れお》から離《はな》れた。

ピピピピ
床《ゆか》に倒《たお》れた玲央《れお》の首輪《くびわ》が、赤《あか》く点滅《てんめつ》し始《はじ》める。

「！　しまった！」

玲央《れお》はするどく目《め》を見開《みひら》き、自分《じぶん》の首《くび》に装着《そうちゃく》された首輪《くびわ》に触《ふ》れた。

ブラックピエロは小《ちい》さく首《くび》をすくめ、玲央《れお》に背《せ》を向《む》ける。

そして、次《つぎ》の瞬間《しゅんかん》――。

ドン！！！

爆発音《ばくはつおん》が、サーバールームに響《ひび》き渡《わた》った。

真《ま》っ赤《か》なしぶきが噴《ふ》きあがり、粉々《こなごな》に割《わ》れたモニターの上《うえ》に降《ふ》り注《そそ》ぐ。

伍

「玲央《れお》!!」

大声《おおごえ》で玲央《れお》の名前《なまえ》を呼《よ》ぶ一葉《いちは》の背後《はいご》に、ホワイトピエロが忍《しの》び寄《よ》る。

「一葉《いちは》さん!!　逃《に》げて!!」

そう叫《さけ》んだ花《はな》にも、グリーンピエロが手《て》を伸《の》ばしていた。

トン
グリーンピエロの指先《ゆびさき》が、花《はな》の肩《かた》に触《ふ》れる。

「はい、タッチ」

「嘘《うそ》――」

ピピピピ
花《はな》の首輪《くびわ》が電子音《でんしおん》と共《とも》に点滅《てんめつ》を始《はじ》める。一葉《いちは》もホワイトピエロにタッチされて、首輪《くびわ》が点滅《てんめつ》していた。

そして、真里穂《まりほ》も。

イエローピエロに背中《せなか》をタッチされ、ピピピピ……と首輪《くびわ》が鳴《な》り始《はじ》めていた。

ドン！

ドン！

ドン！

花《はな》と一葉《いちは》、そして真里穂《まりほ》の首輪《くびわ》は、次々《つぎつぎ》と爆発《ばくはつ》した。


「――花《はな》？」

蓮《れん》は階段《かいだん》を急《いそ》いで上《あ》がりながら、ふと花《はな》のことを思《おも》い出《だ》した。

まるで虫《むし》の知《し》らせでもあったかのように、急《きゅう》に不安《ふあん》が胸《むね》に広《ひろ》がる。

なんだか嫌《いや》な予感《よかん》がする。もしかして、花《はな》に何《なに》かあったのだろうか。

その時《とき》、階段《かいだん》の上《うえ》の方《ほう》から、突然《とつぜん》、猛烈《もうれつ》な足音《あしおと》が響《ひび》き渡《わた》った。

ドダダダダダダダダ‼　ドダダダダダダダダ！！！

驚《おどろ》いて顔《かお》を上《あ》げると、青《あお》い房飾《ふさかざ》りの帽子《ぼうし》をかぶったブルーピエロが、恐《おそ》ろしい速《はや》さで階《かい》段《だん》を下《お》りてきた。

「ブルーピエロ……‼」

なんでこいつがここに……⁉
焦《あせ》りながらも、蓮《れん》は踵《きびす》を返《かえ》し、階段《かいだん》を駆《か》け下《お》りようとした。
しかしあわてるあまり階段《かいだん》を踏《ふ》み外《はず》し、バランスを崩《くず》してしまう。
手《て》すりにつかまり、再《ふたた》び走《はし》り出《だ》そうとする蓮《れん》に、ブルーピエロの影《かげ》が迫《せま》った。
「はい、ターッチ‼」
ブルーピエロの冷《つめ》たい手《て》が、蓮《れん》の背中《せなか》に強《つよ》く触《ふ》れる。
鬼《オニ》にタッチされた者《もの》の首輪《くびわ》は、爆発《ばくはつ》する運命《うんめい》だ。
ピピピピ
蓮《れん》の首元《くびもと》で、首輪《くびわ》が小《ちい》さな電子音《でんしおん》を鳴《な》らし始《はじ》めた。

蒼太《そうた》もレッドピエロに追《お》われ、部屋《へや》の中《なか》を必死《ひっし》に逃《に》げていた。
「君《きみ》と戦《たたか》えてうれしいよ！　優勝候補《ゆうしょうこうほ》の桐野蒼太《きりのそうた》くん！　本当《ほんとう》はこんなつまらないビルの中《なか》じゃなくて、僕《ぼく》の大好《だいす》きなミラーラビリンスの中《なか》で君《きみ》と鬼《オニ》ごっこしたいんだけどねえ

～！」

蒼太《そうた》は壁際《かべぎわ》に向《む》かって走《はし》りながら、レッドピエロの方《ほう》を振《ふ》り返《かえ》った。

「優勝候補《ゆうしょうこうほ》だと!?」

「そう、予選《よせん》のころから君《きみ》は杞紗《きさ》のお気《き》に入《い》りだったからね。でも僕《ぼく》は贔屓《ひいき》なんてしないよ。リアル鬼《オニ》ごっこの参加者《さんかしゃ》は、みーんな真《ま》っ赤《か》にしてあげる!!」

レッドピエロは目《め》を輝《かがや》かせ、壁際《かべぎわ》に追《お》い詰《つ》めた蒼太《そうた》に向《む》かって飛《と》び掛《か》かった。

蒼太《そうた》は壁《かべ》を蹴《け》り、突《つ》っ込《こ》んできたレッドピエロをかわして、窓際《まどぎわ》に逃《に》げた。

しかし、疲労《ひろう》のためか足元《あしもと》がふらつき、窓《まど》のそばにあったブラインドカーテンに、片手《かたて》をついてしまう。

カチッ
小《ちい》さな音《おと》がして、窓《まど》がゆっくりと開《あ》き始《はじ》めた。カーテンの裏側《うらがわ》に、窓《まど》の開閉《かいへい》スイッチがあったようだ。

蒼太《そうた》はとっさにブラインドカーテンを閉《し》め、その前《まえ》に立《た》った。

「来《こ》いよ、レッドピエロ。ノロマなお前《まえ》が俺《おれ》にタッチできるとは思《おも》えないけどな」

「ん～、生意気《なまいき》だねぇ!!」

レッドピエロはダッと床《ゆか》を蹴《け》り、再《ふたた》び蒼太《そうた》の方《ほう》へ突進《とっしん》していく。

その手《て》が蒼太《そうた》に触《ふ》れるギリギリのタイミングで、蒼太《そうた》はサッと真横《まよこ》に跳《と》んだ。

レッドピエロは突進《とっしん》する勢《いきお》いで、ブラインドカーテンに勢《いきお》いよく手《て》を突《つ》こうとした。しかし、カーテンの裏側《うらがわ》の窓《まど》は全開《ぜんかい》だ。

「……え!?」

レッドピエロは大《おお》きくつんのめり、開《ひら》いた窓《まど》の方《ほう》へと倒《たお》れ込《こ》む。

蒼太《そうた》はレッドピエロの背後《はいご》に走《はし》り、背中《せなか》を思《おも》いきり押《お》した。

「うわあああ！！！」

レッドピエロは窓《まど》から外《そと》に投《な》げ出《だ》され、その身体《からだ》は空中《くうちゅう》で回転《かいてん》しながら地面《じめん》に向《む》かって落下《らっか》していった。

勝《か》った――。

蒼太《そうた》が勝利《しょうり》を確信《かくしん》し、ほっとしたその瞬間《しゅんかん》、時計《とけい》の針《はり》が静《しず》かに六時《ろくじ》を指《さ》し示《しめ》した。

『午後六時《ごごろくじ》になりました！』

機械音声《きかいおんせい》のアナウンスが、ビルの中《なか》に響《ひび》き渡《わた》る。

『リアル鬼《オニ》ごっこファイナルの脱落者《だつらくしゃ》を発表《はっぴょう》いたします！　浅葉花《あさばはな》さん、国枝蓮《くにえだれん》さん――』

蒼太《そうた》の足《あし》から、力《ちから》が抜《ぬ》けた。

アナウンスの声《こえ》がぼんやりと遠《とお》くなった。

そんな、まさか。

蓮《れん》と花《はな》がタッチされるなんて――。

ぼう然《ぜん》とする蒼太《そうた》に追《お》い打《う》ちをかけるように、脱落者《だつらくしゃ》の名前《なまえ》がさらに発表《はっぴょう》される。

『冴木玲央《さえきれお》さん、杉宮真里穂《すぎみやまりほ》さん、日渡一葉《ひわたりいちは》さん。以上《いじょう》、脱落者《だつらくしゃ》は五名《ごめい》です！』

頭《あたま》の中《なか》が真《ま》っ白《しろ》になった。

玲央《れお》と一葉《いちは》も、脱落《だつらく》した。

そして真里穂《まりほ》も――。

にわかには信《しん》じがたかったが、しかしアナウンスは確《たし》かに、みんなの名前《なまえ》を呼《よ》んだ。

蒼太《そうた》は手《て》のひらを、爪《つめ》が食《く》い込《こ》むほど強《つよ》く握《にぎ》りしめた。

叫《さけ》び出《だ》しそうになる気持《きも》ちを、痛《いた》みで押《お》し殺《ころ》し、そして深《ふか》く息《いき》を吐《は》いた。

ここは敵《てき》の本拠地《ほんきょち》だ。冷静《れいせい》さを失《うしな》ったら終《お》わりだ。自分《じぶん》にそう言《い》い聞《き》かせる。

それでも、蒼太《そうた》の目《め》は深《ふか》い怒《いか》りに染《そ》まり、目《め》の奥《おく》には燃《も》える炎《ほのお》のような強《つよ》い気持《きも》ちが映《うつ》し出《だ》されていた。

真里穂《まりほ》、一葉《いちは》、蓮《れん》、花《はな》、玲央《れお》——みんなの顔《かお》が順番《じゅんばん》にフラッシュバックして、それから初《はじ》めて会《あ》った時《とき》の真里穂《まりほ》の顔《かお》がまた浮《う》かんだ。無人島《むじんとう》で鬼《オニ》に追《お》われ、川《かわ》に流《なが》されて気《き》を失《うしな》っていた蒼太《そうた》を、真里穂《まりほ》が助《たす》けてくれた。それが出会《であ》いだ。真里穂《まりほ》と一緒《いっしょ》にリアル鬼《オニ》ごっこの予選《よせん》を突破《とっぱ》し、そしてこのファイナルで他《ほか》のみんなと出会《であ》って、たくさんの苦難《くなん》を一緒《いっしょ》に乗《の》り越《こ》えてきた。

その道《みち》のりが、今《いま》は真《ま》っ黒《くろ》に塗《ぬ》りつぶされている。

許《ゆる》さない。

激《はげ》しい怒《いか》りが、蒼太《そうた》の頭《あたま》を支配《しはい》していく。

「それでは！　以上《いじょう》をもちまして、リアル鬼《オニ》ごっこを終了《しゅうりょう》いたしまーす！」

背後《はいご》で、場違《ばちが》いに明《あか》るい声《こえ》がした。

蒼太《そうた》が視線《しせん》を向《む》けると、いつの間《ま》にか部屋《へや》の奥《おく》に、水色《みずいろ》の髪《かみ》をした一人《ひとり》の女性《じょせい》が立《た》っている。

杞紗《きさ》だ。

灰色《はいいろ》の目《め》が、まっすぐに蒼太《そうた》を捉《とら》える。

「桐野蒼太《きりのそうた》さん、あなたが最後《さいご》の生《い》き残《のこ》りです」

冷《つめ》たく微笑《びしょう》して、杞紗《きさ》は軽《かる》く両腕《りょううで》を広《ひろ》げた。

「リアル鬼《オニ》ごっこ優勝《ゆうしょう》、おめでとう！」

つかみかかりそうになる気持《きも》ちをこらえ、蒼太《そうた》は声《こえ》を低《ひく》くして問《と》いかけた。

「杞紗《きさ》――お前《まえ》が、すべての黒幕《くろまく》だな？」

「そうだよ。蒼太《そうた》くん、来《き》てくれてありがとう。私《わたし》ね、ずっとずっと、待《ま》ってたの。藤堂《とうどう》が私《わたし》を裏切《うらぎ》ってコソコソ動《うご》いているのも、とっくに気《き》づいてた。だけど目《め》をつぶってたんだ。リアル鬼《オニ》ごっこを勝《か》ち抜《ぬ》いた最後《さいご》の一人《ひとり》が私《わたし》に会《あ》いに来《き》てくれる、この瞬間《しゅんかん》のために」

杞紗《きさ》は、蒼太《そうた》に向《む》かって手招《てまね》きした。

「もっとこっちへおいで。罠《わな》とかないよ、大丈夫《だいじょうぶ》」

「信用《しんよう》できるかよ」

蒼太《そうた》が険《けわ》しい表情《ひょうじょう》で返《かえ》すと、杞紗《きさ》は「もー、用心深《ようじんぶか》いなぁ」とあきれたように肩《かた》をすくめた。

「じゃあ、これあげるから」

そう言《い》うと、上着《うわぎ》の内側《うちがわ》から拳銃《けんじゅう》を取《と》り出《だ》し、床《ゆか》の中央《ちゅうおう》に向《む》かって投《な》げる。

金属《きんぞく》がぶつかる音《おと》が響《ひび》き、拳銃《けんじゅう》は床《ゆか》の上《うえ》を滑《すべ》って蒼太《そうた》の前《まえ》で止《と》まった。

「拾《ひろ》っていいよ」

杞紗《きさ》は微笑《ほほえ》みを崩《くず》さない。

「……何《なに》？」

「それ、あなたにあげる」

蒼太《そうた》は拳銃《けんじゅう》に視線《しせん》を落《お》とし、彼女《かのじょ》の意図《いと》が何《なん》なのか、頭《あたま》の中《なか》で思考《しこう》を巡《めぐ》らせた。

杞紗《きさ》は、蒼太《そうた》がとまどうのを楽《たの》しむかのように、目《め》を細《ほそ》めて微笑《びしょう》している。

「撃《う》っていいよ。それで私《わたし》を殺《ころ》して」

思《おも》いがけない言葉《ことば》に、蒼太《そうた》は息《いき》をのんだ。

驚《おどろ》きに目《め》を見開《みひら》き、杞紗《きさ》の顔《かお》をまじまじと見《み》つめる。

「何驚《なにおどろ》いてるの？　あなたに殺《ころ》してもらうために、私《わたし》は今《いま》まで頑張《がんば》って来《き》たのに」

「……どういうことだ？　お前《まえ》がリアル鬼《オニ》ごっこを復活《ふっかつ》させたのは、日本《にほん》を恐怖《きょうふ》で支配《しはい》するためじゃないのか？」

「アッハハ！　くだらない！　日本《にほん》がどうなろうが、私《わたし》はどうだっていいのよ！」

杞紗《きさ》は大《おお》きな笑《わら》い声《ごえ》をあげると、困惑《こんわく》する蒼太《そうた》の顔《かお》を楽《たの》しそうにのぞきこんだ。

「あのね、蒼太《そうた》くん。私《わたし》の目的《もくてき》は、大好《だいす》きな王様《おうさま》と心中《しんじゅう》することなの！　リアル鬼《オニ》ごっこで殺《ころ》された王様《おうさま》のように、私《わたし》も同《おな》じ方法《ほうほう》で殺《ころ》されたかった。そのためにこのリアル鬼《オニ》ごっこを始《はじ》めたの。自分《じぶん》を殺《ころ》すにふさわしい参加者《さんかしゃ》が現《あらわ》れるまで、何度《なんど》でも何度《なんど》でもリアル鬼《オニ》ごっこを続《つづ》けようと思《おも》っていた。たくさんつくった私《わたし》のクローンたちは、だから死《し》ぬことが怖《こわ》くなかったのよ。リアル鬼《オニ》ごっこで死《し》ねるなら本望《ほんもう》だもの。私《わたし》も含《ふく》めた杞紗《きさ》のクローンはみんな、あなたたちと一緒《いっしょ》にリアル鬼《オニ》ごっこで『心中《しんじゅう》』するために生《う》まれてきたの」

「……ふざけるな」

蒼太《そうた》の語尾《ごび》は、かすかに震《ふる》えていた。

「死《し》にたいなら一人《ひとり》で死《し》ねばいいだろう。自分《じぶん》を殺《ころ》させるなんて……そんなことのために、お前《まえ》はこのリアル鬼《オニ》ごっこを始《はじ》めたのか」

胸《むね》にこみ上《あ》げた怒《いか》りを押《お》し殺《ころ》そうと、蒼太《そうた》は手《て》のひらを握《にぎ》りしめた。しかし、その声《こえ》には抑《おさ》えきれない怒《いか》りがにじんでいる。

「そんなこと？」

杞紗《きさ》はつぶやくと、次《つぎ》の瞬間《しゅんかん》、燃《も》えるような目《め》つきになって蒼太《そうた》をにらんだ。

「あなたに私《わたし》の何《なに》がわかるのよ?!　大好《だいす》きな王様《おうさま》がいない世界《せかい》に、クローン技術《ぎじゅつ》によって無理《むり》やり生《う》み出《だ》された私《わたし》の苦《くる》しみなんて知《し》らないくせに！」

床《ゆか》の上《うえ》の拳銃《けんじゅう》を、乱暴《らんぼう》にあごでしゃくる。

「その銃《じゅう》はね、佐藤翼《さとうつばさ》が王様《おうさま》を撃《う》ったのと同《おな》じ拳銃《けんじゅう》なの。――ねえ蒼太《そうた》くん、私《わたし》が憎《にく》いでしょ？　私《わたし》さえいなければ、スウジが苦《くる》しむこともなかったし、みんなが死《し》ぬこともなかったんだから。さあ早《はや》く、その銃《じゅう》で私《わたし》を撃《う》って殺《ころ》して。それですべてが終《お》わるの！」

「……言《い》われなくても、望《のぞ》み通《どお》りにしてやるよ」

蒼太《そうた》は冷《つめ》たい声《こえ》で応《おう》じ、床《ゆか》の上《うえ》の銃《じゅう》へと手《て》を伸《の》ばした。

両手《りょうて》で固《かた》く握《にぎ》りしめ、銃口《じゅうこう》を杞紗《きさ》へと向《む》ける。

引《ひ》き金《がね》に指《ゆび》をかけた、その瞬間《しゅんかん》、叫《さけ》び声《ごえ》が響《ひび》き渡《わた》った。

「やめろォ!!!!」

驚《おどろ》いて振《ふ》り返《かえ》ると、汗《あせ》だくの蓮《れん》がフロアに飛《と》び込《こ》んでくるのが目《め》に入《はい》った。

「蓮《れん》……!」

蒼太《そうた》は呆気《あっけ》に取《と》られ、その場《ば》に立《た》ち尽《つ》くした。

蓮《れん》、生《い》きていたのか——!?


「蓮《れん》、実験台《じっけんだい》になってくれないか?」

玲央《れお》が突然《とつぜん》、そんなことを言《い》いだしたのは、蓮《れん》たちが地下室《ちかしつ》に侵入《しんにゅう》した時《とき》のことだった。

「実験台《じっけんだい》?　なんの?」

「首輪《くびわ》の解体《かいたい》。多分《たぶん》できると思《おも》うんだけど」

「ふーん。俺《おれ》でいいなら協力《きょうりょく》するけど……——って」

蓮《れん》は納得《なっとく》しかけてから、驚《おどろ》きに目《め》を見開《みひら》いた。

「え!?　これ、取《と》れんの!?」

「多分《たぶん》ね。さっき八尋《やしろ》のＩＤ《アイディー》でログインできただろ？　あのアカウントから彼《かれ》のクラウドに侵入《しんにゅう》したら、この首輪《くびわ》の設計図《せっけいず》のファイルがあったんだ」

玲央《れお》はモニターに、首輪《くびわ》の設計図《せっけいず》らしき画像《がぞう》を表示《ひょうじ》した。

部品《ぶひん》の細部《さいぶ》や配線《はいせん》が精密《せいみつ》に描《えが》かれていて、蓮《れん》は見《み》ているだけで目《め》がチカチカしてしまう。

「これさえあれば、僕《ぼく》なら解体《かいたい》できると思《おも》う。自信《じしん》がある。だけど、自分《じぶん》で自分《じぶん》の首輪《くびわ》を解体《かいたい》するのは、手元《てもと》が見《み》えづらくてちょっとハードルが高《たか》いから、まず他人《たにん》の首輪《くびわ》で練習《れんしゅう》したいんだ」

「私《わたし》の首輪《くびわ》でやろうか？」

真里穂《まりほ》が名乗《なの》り出《で》るが、玲央《れお》はやんわりと首《くび》を振《ふ》った。

「真里穂《まりほ》でもいいんだけど、性格的《せいかくてき》に蓮《れん》は自分《じぶん》が実験台《じっけんだい》になりたがるかなって」

「そういう言《い》い方《かた》はずるいよ……」

蓮《れん》は軽《かる》く不満《ふまん》をもらしながらも、うなずいた。

「わかった。協力《きょうりょく》する。玲央《れお》がそう言《い》うなら、よっぽど自信《じしん》があるんだろ」

「まあね。絶対失敗《ぜったいしっぱい》しないと思《おも》うよ」

玲央《れお》は言《い》いきると、地下室《ちかしつ》にあった工具《こうぐ》を使《つか》い、設計図《せっけいず》を見《み》ながら手際《てぎわ》よく解体作業《かいたいさぎょう》を始《はじ》めた。首輪《くびわ》の外側《そとがわ》にある小《ちい》さなネジを一本一本《いっぽんいっぽん》取《と》り外《はず》し、手前側《てまえがわ》の外装《がいそう》を外《はず》すと、回路《かいろ》が複雑《ふくざつ》に絡《から》み合《あ》った基板《きばん》が現《あらわ》れた。

拡大鏡《かくだいきょう》で基板《きばん》の上《うえ》の回路《かいろ》の様子《ようす》を確認《かくにん》しながら、配線《はいせん》を取《と》り外《はず》していく。

数分後《すうふんご》、カシャンと音《おと》がして、蓮《れん》の首《くび》から首輪《くびわ》が外《はず》れた。

「え、すげー。この首輪《くびわ》が外《はず》れたら、もうタッチされても平気《へいき》じゃん。堂々《どうどう》と杞紗《きさ》と戦《たたか》える」

驚《おどろ》く蓮《れん》に、玲央《れお》は「いや」と首《くび》を振《ふ》った。

「首輪《くびわ》が外《はず》れたことは、杞紗《きさ》には隠《かく》しておいた方《ほう》がいい。首輪《くびわ》を勝手《かって》に外《はず》すのは、多分《たぶん》ルール違反《いはん》だ。杞紗《きさ》はゲームをリセットしてやり直《なお》すために、僕《ぼく》たちを皆殺《みなごろ》しにするかもしれない」

玲央《れお》は、手《て》に持《も》っていた首輪《くびわ》を蓮《れん》の首《くび》に戻《もど》すと、冷静《れいせい》に続《つづ》けた。

「だから、首輪《くびわ》はまだ首《くび》につけておいた方《ほう》がいい。引《ひ》っ張《ぱ》れば簡単《かんたん》に外《はず》れる状態《じょうたい》になってるけど、タッチされたら爆発《ばくはつ》する仕様《しよう》はあえてそのままにしてある」

「え……なんで」

「この爆弾《ばくだん》を上手《うま》く使《つか》えば、杞紗《きさ》の目《め》をあざむけるかもしれないだろ？」

いたずらっぽく笑《わら》って言《い》うと、玲央《れお》は真里穂《まりほ》と自分《じぶん》の首輪《くびわ》も、それぞれ数分《すうふん》ほどであっさりと解体《かいたい》してしまった。

地下室《ちかしつ》からビルに戻《もど》った時《とき》に、一葉《いちは》と花《はな》の首輪《くびわ》も解体《かいたい》した。

そして、みんな、何食《なにく》わぬ顔《かお》で首輪《くびわ》を装着《そうちゃく》し続《つづ》けた。

そこへ、ピエロたちが襲《おそ》ってきたのだ。

サーバールームでピエロと対峙《たいじ》した玲央《れお》は、わざと逃《に》げ遅《おく》れたふりをして、ブラックピエロを自分《じぶん》の方《ほう》へおびき寄《よ》せた。

そうとは知《し》らないブラックピエロは、玲央《れお》にタックルして床《ゆか》の上《うえ》に押《お》し倒《たお》し、「はい、タッチ」と、玲央《れお》の額《ひたい》に触《ふ》れた。

ピピピピ

首輪《くびわ》が赤《あか》く点滅《てんめつ》し始《はじ》めると、ブラックピエロは油断《ゆだん》して、玲央《れお》に背《せ》を向《む》けた。その隙《すき》に玲央《れお》はこっそりと自分《じぶん》の首輪《くびわ》を外《はず》し、爆発《ばくはつ》の直前《ちょくぜん》、ブラックピエロにぶつけたのだ。

ドン！！！

首輪《くびわ》はブラックピエロの頭《あたま》に命中《めいちゅう》し、頭部《とうぶ》が丸《まる》ごとはじけ飛《と》んだ。ブラックピエロの体内《たいない》を流《なが》れるオイルがまるで血《ち》しぶきのように噴《ふ》きあがり、モニターの上《うえ》に降《ふ》り注《そそ》いだ。

一葉《いちは》と真里穂《まりほ》、花《はな》、蓮《れん》も、同《おな》じようにして首輪《くびわ》をピエロたちにぶつけ、なんとか生《い》き延《の》びた。

そして杞紗《きさ》は、首輪《くびわ》が爆発《ばくはつ》したことで、蓮《れん》たちが死《し》んだと勘違《かんちが》いしたのだ。

「蓮《れん》――生《い》きてたのか――よかった……」

ずっと張《は》りつめていた蒼太《そうた》の表情《ひょうじょう》が、その時《とき》初《はじ》めてゆるんだ。鼻《はな》の頭《あたま》が、かすかに赤《あか》くなっている。

「あーあ。蓮《れん》くんの首輪《くびわ》、なくなってる」

杞紗《きさ》はジロリと蓮《れん》をにらむと、シラけたようにつぶやいた。

「あの爆弾《ばくだん》はかなり精密《せいみつ》につくられてるのに、よく解体《かいたい》できたね。私《わたし》の目《め》をあざむいて、死《し》んだように見《み》せかけてたんだ」

「俺《おれ》だけじゃない。花《はな》も一葉《いちは》も玲央《れお》も真里穂《まりほ》も、みんな無事《ぶじ》だよ」

蓮《れん》は息《いき》を切《き》らしながら、蒼太《そうた》に歩《あゆ》み寄《よ》った。

「だから、蒼太《そうた》――銃《じゅう》をおろしてくれ。そんなことをしても、何《なに》も解決《かいけつ》しない」

蒼太《そうた》は一瞬《いっしゅん》、迷《まよ》うように目《め》を開《ひら》いた。しかし、すぐに、怒《いか》りがそれを打《う》ち消《け》した。

「――だめだ。こいつは――杞紗《きさ》は、俺《おれ》が殺《ころ》す」

「なんでだよ！　真里穂《まりほ》も他《ほか》のみんなも生《い》きてるって言《い》っただろ！　だから――」

「それはうれしいよ。すごく」

蒼太《そうた》は蓮《れん》から顔《かお》をそむけた。

「だけど、生《い》き返《かえ》らないやつだっている」

引《ひ》き金《がね》にグッと力《ちから》を入《い》れる。

「やめろって！！！」

蓮《れん》は蒼太《そうた》に駆《か》け寄《よ》り、銃《じゅう》を握《にぎ》る手《て》を強引《ごういん》につかんで、拳銃《けんじゅう》を取《と》り上《あ》げようとした。

蒼太《そうた》はその場《ば》に踏《ふ》ん張《ば》り、つかまれた腕《うで》をぐいっと引《ひ》く。筋力《きんりょく》で劣《おと》る蓮《れん》は、力負《ちからま》けしてその場《ば》に倒《たお》れ込《こ》んだ。すぐに立《た》ち上《あ》がろうとするが、膝《ひざ》が震《ふる》えて、なかなか足《あし》に力《ちから》が入《はい》らない。蒼太《そうた》を止《と》めるため、ブルーピエロと戦《たたか》ったその足《あし》で、全速力《ぜんそくりょく》でこの五十五階《ごじゅうごかい》まで駆《か》け上《あ》がって来《き》たのだ。

「蓮《れん》、そこにいろ。お前《まえ》にできることはもうない」

「そんなの……蒼太《そうた》だって、同《おな》じだろ……」

蓮《れん》は膝《ひざ》を立《た》て、よろよろと立《た》ち上《あ》がりながら、うめくように言《い》った。

「できることなんてもうない……杞紗《きさ》を殺《ころ》しても、スウジは帰《かえ》ってこないんだから」

「ああ、そうだよ！　スウジは帰《かえ》ってこない！　だけど杞紗《きさ》は！」

蒼太《そうた》は声《こえ》を荒《あら》らげ、銃口《じゅうこう》を杞紗《きさ》に向《む》けて振《ふ》りかざした。

「こいつはまだ生《い》きてるんだ‼」

蓮《れん》は顔《かお》をそむけたくなった。

こんなにも怒《いか》りに染《そ》まった蒼太《そうた》の顔《かお》を、もうこれ以上見《いじょうみ》ていたくない。

それほどに深《ふか》い蒼太《そうた》の怒《いか》りが、蓮《れん》の心《こころ》に痛《いた》いほど響《ひび》いた。蒼太《そうた》は今《いま》、苦《くる》しんでいる。可哀想《かわいそう》だ。好《す》きにさせてやりたい。そう思《おも》う気持《きも》ちと、それじゃだめだ、と思《おも》う気持《きも》ちが、交互《こうご》に胸《むね》にこみ上《あ》げる。

「……だけどスウジは、蒼太《そうた》にそんなことさせるために、犠牲《ぎせい》になったんじゃないだろ」

銃《じゅう》を握《にぎ》る蒼太《そうた》の手《て》が、さらに固《かた》く結《むす》ばれるのを見《み》ながら、蓮《れん》は言葉《ことば》を続《つづ》けた。

「蒼太《そうた》の気持《きも》ちは、俺《おれ》にも少《すこ》しわかる気《き》がするよ。俺《おれ》も予選《よせん》でナナに苦《くる》しめられたから。あいつに言《い》ってやりたいことがたくさんあったのに、ナナは死《し》んだからもう何《なに》もできないと思《おも》ってた。だけど、本当《ほんとう》は生《い》きてるってわかって……少《すこ》しホッとしたんだ。あぁ、これでナナに直接《ちょくせつ》、思《おも》う存分《ぞんぶん》、言《い》いたいことを言《い》ってやれるって。俺《おれ》はそれができる。ナナがまだ生《い》きてるからだ。だけど、ここで杞紗《きさ》を殺《ころ》したら、もうそれ以上何《いじょうなに》もできない。そんなラクなところへ杞紗《きさ》を行《い》かせてやる必要《ひつよう》ないだろ」

「……蓮《れん》」

蒼太《そうた》は深《ふか》く息《いき》を吐《は》きながら、大《おお》きく肩《かた》を上下《じょうげ》させ、静《しず》かに言葉《ことば》を紡《つむ》いだ。

「せっかく来《き》てくれたのにごめん。でも理屈《りくつ》じゃないんだ。俺《おれ》はもう、杞紗《きさ》を殺《ころ》さないことには、生《い》きていけない」

目《め》の前《まえ》にいる蒼太《そうた》は、蓮《れん》が知《し》っている蒼太《そうた》とは、まったくの別人《べつじん》のようだった。

なんでこうなってしまったんだろう。

蒼太《そうた》は絶対《ぜったい》、こんな人《ひと》じゃなかったはずだ。

もっと明《あか》るくて優《やさ》しくて、ずっと日《ひ》の当《あ》たる道《みち》を歩《ある》いているような人《ひと》だったはずなのに。

リアル鬼《オニ》ごっこさえなければ。こんなゲームさえなければ、蒼太《そうた》はこんなふうに、憎《にく》しみや復讐心《ふくしゅうしん》に囚《とら》われることはなかったはずなのに。

「……玲央《れお》が」

蓮《れん》はかすれた声《こえ》でつぶやいた。

「玲央《れお》が、言《い》ってたんだ。昔《むかし》、ある君主《くんしゅ》が『目《め》には目《め》を、歯《は》には歯《は》を』って法律《ほうりつ》を決《き》めたって。目《め》をつぶされたら、償《つぐな》いにそいつの目《め》もつぶすって法律《ほうりつ》だけど、でも玲央《れお》は、これはあんまり好《す》きじゃないって言《い》ってた。誰《だれ》かの目《め》をつぶしたところで、つぶれた目《め》は戻《もど》ってこない。それなら違《ちが》う方法《ほうほう》で償《つぐな》ってもらった方《ほう》がいいって……。俺《おれ》もそう思《おも》うよ。スウジを殺《ころ》されたからって、杞紗《きさ》を殺《ころ》しても、何《なに》も変《か》わらない」

蓮《れん》はすがるように蒼太《そうた》を見《み》つめた。

蒼太《そうた》は視線《しせん》をそらさず、蓮《れん》の顔《かお》を見《み》つめ返《かえ》してきた。彼《かれ》はまだ、蓮《れん》の言葉《ことば》を聞《き》いている。目《め》の前《まえ》の蓮《れん》の存在《そんざい》を無視《むし》できずにいる。

まだ言葉《ことば》は届《とど》くと信《しん》じて、蓮《れん》は必死《ひっし》に語《かた》りかけた。

「頼《たの》むよ、蒼太《そうた》。俺《おれ》、蒼太《そうた》とずっと友達《ともだち》でいたい。花以外《はないがい》に、そんなふうに思《おも》える人間《にんげん》ができたのは初《はじ》めてなんだ。俺《おれ》を不幸《ふこう》にしないでくれ。他《ほか》のみんなだって、同《おな》じ気持《きも》ちだよ」

真里穂《まりほ》も、とぽつりと付《つ》け加《くわ》える。

なんとなく真里穂《まりほ》の顔《かお》が思《おも》い浮《う》かんでつぶやいた一言《ひとこと》だったが、蒼太《そうた》の表情《ひょうじょう》が見《み》てわかるほど変《か》わった。と言《い》っても別《べつ》に、わかりやすく取《と》り乱《みだ》したり驚《おどろ》いたりしたわけではなかったが、目《め》の奥《おく》の気持《きも》ちが、明《あき》らかに一瞬《いっしゅん》だけ動《うご》いた。手《て》に握《にぎ》った銃《じゅう》の先《さき》が、ふらっと揺《ゆ》れた。

今《いま》だ。

思《おも》うと同時《どうじ》に、蓮《れん》は一気《いっき》に蒼太《そうた》へと飛《と》びかかった。

銃《じゅう》を奪《うば》い取《と》ろうと手《て》を伸《の》ばす。

銃《じゅう》に触《ふ》れるまであと少《すこ》しというところで、手前《てまえ》から白《しろ》い手《て》が伸《の》びてきた。

はっと顔《かお》を上《あ》げると、そこには杞紗《きさ》が立《た》っている。

「あーあ。なんかシラけちゃった」

そう言《い》うと、杞紗《きさ》は蒼太《そうた》の手《て》ごと銃《じゅう》をつかみ、蒼太《そうた》の指《ゆび》を引《ひ》き金《がね》に押《お》し付《つ》け、銃口《じゅうこう》を自《じ》分《ぶん》の胸《むね》へと向《む》けた。

「迷《まよ》っちゃだめだよ、蒼太《そうた》くん。蓮《れん》くんや他《ほか》の連中《れんちゅう》は、勝手《かって》に首輪《くびわ》を外《はず》したルール違反《いはん》で失格《しっかく》だから。リアル鬼《オニ》ごっこの優勝者《ゆうしょうしゃ》は、あなた一人《ひとり》。あなただけが、私《わたし》を殺《ころ》せるの」

にっこりと言《い》って、握《にぎ》りこんだ蒼太《そうた》の指《ゆび》ごと、引《ひ》き金《がね》に力《ちから》を入《い》れる。

杞紗《きさ》は蒼太《そうた》に、自分《じぶん》を撃《う》たせる気《き》なのだ。

「やめろ!」

蓮《れん》が叫《さけ》ぶ。

ドン!!!

するどい音《おと》がフロアに響《ひび》き渡《わた》った。

ぽた、と血痕《けっこん》が床《ゆか》に落《お》ちる。

「グッ……」

杞紗《きさ》は苦悶《くもん》の表情《ひょうじょう》を浮《う》かべ、ぐらっと後《うし》ろに身体《からだ》をふらつかせた。

発射《はっしゃ》された弾《たま》は、天井《てんじょう》に当《あ》たり、跳《は》ね返《かえ》って床《ゆか》のタイルにめり込《こ》んでいる。

そして、杞紗《きさ》の腕《うで》には、一本《いっぽん》の矢《や》が突《つ》き刺《さ》さっていた。

蓮《れん》には一目《ひとめ》で、その矢《や》が誰《だれ》のものなのかわかった。

「真里穂《まりほ》……！」

開《ひら》いたエレベーターの扉《とびら》の前《まえ》に、アーチェリーの弓《ゆみ》を構《かま》えた真里穂《まりほ》が立《た》っていた。

隣《となり》には、花《はな》と玲央《れお》、一葉《いちは》の姿《すがた》もある。

「真里穂《まりほ》……」

蒼太《そうた》は気《き》まずそうに、彼女《かのじょ》の方《ほう》を見《み》つめた。

「蒼太《そうた》——言《い》いたいことは山《やま》ほどあるけど、後《あと》にする。まずはファイナルを終《お》わらせよう」

真里穂《まりほ》が、強《つよ》い口調《くちょう》で言《い》い放《はな》つ。

杞紗《きさ》は矢《や》の刺《さ》さった自分《じぶん》の腕《うで》を見《み》つめ、しばらく放心《ほうしん》したように立《た》ち尽《つ》くしていたが、

急《きゅう》に勢《いきお》いよく矢《や》をつかみガッと引《ひ》き抜《ぬ》いた。

「あなたたち!!　どうして邪魔《じゃま》するの!?　どうして!!　蒼太《そうた》くんが私《わたし》を殺《ころ》せばリアル鬼《オニ》ごっこは終《お》わったのに！」

「私《わたし》たち、仲間《なかま》を殺人者《さつじんしゃ》にしてまでゲームに勝《か》とうと思《おも》ってないから」

一葉《いちは》が冷静《れいせい》に応《おう》じると、杞紗《きさ》は「仲間《なかま》ァ!?」と金切《かなき》り声《ごえ》をあげた。

「くだらない！　そんな即席《そくせき》の絆《きずな》のために、私《わたし》を殺《ころ》す千載一遇《せんざいいちぐう》のチャンスを失《うしな》うなんて！　私《わたし》が存在《そんざい》する限《かぎ》り、リアル鬼《オニ》ごっこは何度《なんど》だってよみがえる！　今私《いまわたし》を殺《ころ》さなければ、また犠牲者《ぎせいしゃ》が出《で》るのよ!?」

「私《わたし》たちが真実《しんじつ》を訴《うった》えれば、もう誰《だれ》もあなたに従《したが》ったりしないわ」

花《はな》が毅然《きぜん》とした表情《ひょうじょう》で言《い》うと、杞紗《きさ》は嘲笑《ちょうしょう》を浮《う》かべた。

「甘《あま》いわよ!!　藤堂《とうどう》がつくった薬《くすり》のおかげで、日本政府《にほんせいふ》は完全《かんぜん》に私《わたし》が操《あやつ》ってる！　仮《かり》にあなたたちがファイナルを勝《か》ち抜《ぬ》いたとしても、あなたたちの証言《しょうげん》なんていくらでも握《にぎ》りつぶせるんだから！　スポーツの祭典《さいてん》だって嘘《うそ》をついて、高額《こうがく》な賞金《しょうきん》を懸《か》ければ、大金《たいきん》に目《め》がくらんだ連中《れんちゅう》がいくらでも集《あつ》まるの。冷酷《れいこく》な殺人《さつじん》ゲームに参加《さんか》させられるとも知《し》らずにね！」

「お前《まえ》はそうやって、今回《こんかい》のリアル鬼《オニ》ごっこに人《ひと》を集《あつ》めたのか」

玲央《れお》がするどく問《と》いただした。

「そうよ‼　私《わたし》の権力《けんりょく》は揺《ゆ》るがない！　リアル鬼《オニ》ごっこは何度《なんど》だってよみがえるの！！！」

ピッ
電子音《でんしおん》がフロアに響《ひび》いた。

杞紗《きさ》が不審《ふしん》そうに、音《おと》のした方向《ほうこう》を見《み》る。ちょうど一葉《いちは》がいる辺《あた》りだ。

「……何《なに》をしているの？」

「あなたの口《くち》からその言葉《ことば》が聞《き》きたかったの」

そう言《い》いながら、一葉《いちは》はスカートの陰《かげ》から、四角《しかく》いものを取《と》り出《だ》した。

玲央《れお》が地下室《ちかしつ》で見《み》つけたスマホだ。インカメラが起動《きどう》されていて、右上《みぎうえ》には「配信中《はいしんちゅう》」の文字《もじ》が赤《あか》く点滅《てんめつ》している。

「今《いま》のあなたの発言《はつげん》、全世界《ぜんせかい》に発信《はっしん》しちゃったから。私《わたし》の友達《ともだち》の、超有名《ちょうゆうめい》インフルエンサーのアカウントからね」

「インフルエンサー?!」

杞紗《きさ》は一瞬取《いっしゅんと》り乱《みだ》したが、すぐに平静《へいせい》を取《と》り戻《もど》して「くだらないハッタリはやめて」と鼻《はな》で笑《わら》った。

「あなたの家庭環境《かていかんきょう》は調査済《ちょうさず》みよ。貧乏家庭《びんぼうかてい》に育《そだ》ち、スマホさえ所持《しょじ》していない――そんなあなたが、SNS《エスエヌエス》のアカウントなんて持《も》っているはずがない」

「それが最近《さいきん》、インフルエンサーと友達《ともだち》になっちゃったんだよね～。リアル鬼《オニ》ごっこのおかげで」

一葉《いちは》はにんまりと笑《わら》い、スマホを操作《そうさ》して、表示《ひょうじ》された画面《がめん》を杞紗《きさ》に向《む》けた。

@azato_sakura（@あざとさくら）というアカウントの、ホーム画面《がめん》だ。

「あざとさくら……」

杞紗《きさ》の表情《ひょうじょう》が一瞬《いっしゅん》にして凍《こお》りついた。

「まさか……八尋《やしろ》のリアル鬼《オニ》ごっこで、最後《さいご》まで残《のこ》っていたあの女《おんな》の……」

「そう。さくらは最後《さいご》の最後《さいご》で私《わたし》に負《ま》けて、今《いま》はあなたたちによって捕《と》らえられてる。でも、別《わか》れ際《ぎわ》に話《はなし》をした時《とき》に、こっそりログインパスワードを教《おし》えてくれたの」

こうして話《はな》している今《いま》も、さくらのアカウントを通《とお》して全世界《ぜんせかい》に杞紗《きさ》の姿《すがた》が配信《はいしん》されている。コメントや閲覧数《えつらんすう》は瞬《また》く間《ま》に増《ふ》え、あらゆるSNS《エスエヌエス》で再拡散《さいかくさん》されているという通知《つうち》がひっきりなしに届《とど》いていた。

「世界中《せかいじゅう》の人々《ひとびと》があなたの言葉《ことば》を聞《き》いた。リアル鬼《オニ》ごっこの真実《しんじつ》、あなたの本当《ほんとう》の姿《すがた》をね」

一葉《いちは》に真《ま》っすぐに見据《みす》えられ、杞紗《きさ》は「それが何《なに》？」と早口《はやくち》に言《い》い返《かえ》した。

「そんなアカウント、削除《さくじょ》すればそれでおしまいよ。拡散《かくさん》して騒《さわ》いでいる連中《れんちゅう》も、どうせみんなフェイク動画《どうが》か何《なに》かだと思《おも》ってすぐに忘《わす》れるわ！　私《わたし》の息《いき》の根《ね》を止《と》めたいのなら、SNS《エスエヌエス》の不安定《ふあんてい》な力《ちから》を借《か》りるより、もっとずっと確実《かくじつ》な方法《ほうほう》がある。私《わたし》を殺《ころ》せばいいのよ。今《いま》、ここで！」

杞紗《きさ》は一葉《いちは》だけでなく、その後《うし》ろにいる怜央《れお》や花《はな》にも視線《しせん》を向《む》けながら、まくし立《た》てた。

「さあ、早《はや》く！　あなたたちを苦《くる》しめた私《わたし》が憎《にく》いでしょう!?」

「その手《て》には乗《の》らない」

怜央《れお》が冷《つめ》たく言《い》った。

「僕《ぼく》たちはもう——お前《まえ》の作《つく》ったルールには従《したが》わない」

「私《わたし》たちは、あなたを殺《ころ》したりしないわ。そんなことをしたら、あなたの思《おも》う壺《つぼ》だもの」

と、花《はな》も毅然《きぜん》とした声《こえ》で応《おう》じる。

「どうして？　花《はな》ちゃんまで、そんなこと言《い》わないで。私《わたし》、抵抗《ていこう》したりしないわ。足《あし》の悪《わる》いあなたでも、今《いま》なら私《わたし》を殺《ころ》せるのよ？」

杞紗《きさ》は手《て》を伸《の》ばし、ふらふらと花《はな》に近《ちか》づいた。

しかし真里穂《まりほ》が、花《はな》を守《まも》るように立《た》ちはだかる。すると杞紗《きさ》は、今度《こんど》は真里穂《まりほ》にすがりつこうとした。

「真里穂《まりほ》、あなたはどう!?　スウジが死《し》んだのは私《わたし》のせいよ！　そのアーチェリーで私《わたし》の胸《むね》を貫《つらぬ》いたら復讐《ふくしゅう》できるわ！　――それとも、一葉《いちは》、あなたがやる？」

一葉《いちは》は表情《ひょうじょう》を固《かた》くし、後《あと》ずさるように杞紗《きさ》から距離《きょり》を取《と》る。

誰《だれ》も自分《じぶん》を殺《ころ》してくれない――そう悟《さと》った杞紗《きさ》は、全身《ぜんしん》から力《ちから》が抜《ぬ》けたようにうつむき、小《ちい》さくつぶやいた。

「……そう。誰《だれ》も私《わたし》を殺《ころ》してはくれないのね……」

その目《め》は虚《うつ》ろで、顔《かお》にはまさしく絶望《ぜつぼう》の色《いろ》が浮《う》かんでいる。

「王様《おうさま》と同《おな》じ死《し》に方《かた》をするために……ずっと頑張《がんば》って来《き》たっていうのに……」

杞紗《きさ》はよろよろと窓際《まどぎわ》に向《む》かった。先《さき》ほど蒼太《そうた》がレッドピエロと戦《たたか》った時《とき》から、その窓《まど》は大《おお》きく開《ひら》いたままだ。

「まさか……！」

蓮《れん》たちが異変《いへん》に気《き》づき、走《はし》り出《だ》す。

杞紗《きさ》は、窓《まど》の前《まえ》に立《た》つと、両腕《りょううで》を広《ひろ》げた。

「王様《おうさま》！　今《いま》、あなたのおそばに参《まい》ります‼」

天《てん》を仰《あお》いで叫《さけ》び、バッと窓《まど》の外《そと》に飛《と》び出《だ》す。

「杞紗《きさ》……！」

蓮《れん》は窓際《まどぎわ》に駆《か》け寄《よ》り、手《て》を伸《の》ばした。

杞紗《きさ》の身体《からだ》が一瞬《いっしゅん》、宙《ちゅう》に浮《う》く。

蓮《れん》の指先《ゆびさき》を、水色《みずいろ》の髪《かみ》がかすめ、空《くう》をつかんだ。

杞紗《きさ》の身体《からだ》は、重力《じゅうりょく》に従《したが》い、下《した》へと落《お》ちていく。

「そんな……」

蓮《れん》がぼう然《ぜん》と膝《ひざ》をついた、その時《とき》。

窓《まど》の下《した》から、黄金《おうごん》の獣《けもの》がビルの壁《かべ》をよじのぼってきていた。

ロンだ。するどい牙《きば》が、杞紗《きさ》の服《ふく》をしっかりとくわえている。玲央《れお》の指示《しじ》で、ビルの下《した》で待機《たいき》していたらしい。

「ロン！」

蒼太《そうた》が目《め》を丸《まる》くして叫《さけ》ぶ。

ロンはフロアに入《はい》って来《く》ると、杞紗《きさ》を口《くち》からそっと放《はな》した。

落下《らっか》の衝撃《しょうげき》で、杞紗《きさ》は気絶《きぜつ》してしまっているようだ。軽《かる》く目《め》を閉《と》じたその顔《かお》からは、怒《いか》りも絶望《ぜつぼう》も消《き》え去《さ》っている。

「ロン……ありがとう」

蒼太《そうた》はためらうように言《い》いながら、ロンの頭《あたま》を撫《な》でた。

ロンは明《あか》るい色《いろ》の瞳《ひとみ》を蒼太《そうた》に向《む》け、蒼太《そうた》の手《て》をぺろぺろと優《やさ》しく舐《な》める。

蓮《れん》たちは静《しず》かに立《た》ち尽《つ》くし、互《たが》いの顔《かお》を見合《みあ》わせた。

長《なが》い戦《たたか》いが、ようやく終《お》わったのだ。

リアル鬼《オニ》ごっこファイナルは、彼《かれ》らの勝利《しょうり》で幕《まく》を閉《と》じた。

エピローグ

一葉《いちは》が配信《はいしん》した映像《えいぞう》は瞬《また》く間《ま》に拡散《かくさん》され、大《おお》きな波紋《はもん》を呼《よ》んだ。

「リアル鬼《オニ》ごっこって、本当《ほんとう》に行《おこな》われていたのか？」

「まさか平和《へいわ》な日本《にほん》で、こんな残虐《ざんぎゃく》なゲームが……」

「スポーツの祭典《さいてん》と銘打《めいう》たれていたのは、嘘《うそ》だったのか！」

SNS《エスエヌエス》のコメント欄《らん》には、驚愕《きょうがく》と怒《いか》りの声《こえ》が寄《よ》せられた。自衛隊《じえいたい》が渋谷《しぶや》を包囲《ほうい》して、町《まち》中《じゅう》に潜《ひそ》んでいた鬼《オニ》たちは一人残《ひとりのこ》らず捕獲《ほかく》された。黒幕《くろまく》の杞紗《きさ》は、意識《いしき》を失《うしな》ったまま自衛隊《じえいたい》に引《ひ》き渡《わた》され、蓮《れん》たちも保護《ほご》された。

各国《かっこく》のニュースメディアはこぞってこの事件《じけん》を取《と》り上《あ》げ、リアル鬼《オニ》ごっこが実際《じっさい》に行《おこな》われていたという事実《じじつ》に、世界《せかい》が騒然《そうぜん》となった。

この報道《ほうどう》を受《う》けて即座《そくざ》に、多《おお》くの国際機関《こくさいきかん》が、日本《にほん》への調査団《ちょうさだん》を派遣《はけん》した。そして現地《げんち》調査《ちょうさ》が行《おこな》われた結果《けっか》、多《おお》くの人《ひと》を犠牲《ぎせい》にした恐《おそ》ろしいリアル鬼《オニ》ごっこの実態《じったい》が、次々《つぎつぎ》と明《あか》るみに出《で》た。

杞紗《きさ》によって捕《と》らえられていた清人《きよと》や紗季《さき》、さくら、そして他《ほか》の女《おんな》の子《こ》たちは無事《ぶじ》に発《はっ》見《けん》され、解放《かいほう》された。ちなみに清人《きよと》と紗季《さき》は八尋《やしろ》の屋敷《やしき》に軟禁《なんきん》されていたが、しょっちゅう脱走《だっそう》しては八尋《やしろ》を困《こま》らせていたらしい。

杞紗《きさ》に協力《きょうりょく》していた科学者《かがくしゃ》の藤堂《とうどう》は、自《みずか》ら出頭《しゅっとう》して国際機関《こくさいきかん》と交渉《こうしょう》した。その結果《けっか》、彼《かれ》の技術力《ぎじゅつりょく》を世界《せかい》に提供《ていきょう》することと引《ひ》き換《か》えに、罪《つみ》には問《と》われないこととなった。

杞紗《きさ》や大臣《だいじん》の一族《いちぞく》は、長《なが》い間《あいだ》、日本政府内部《にほんせいふないぶ》に深《ふか》く根《ね》を張《は》り、彼《かれ》らの陰謀《いんぼう》を実現《じつげん》するために活動《かつどう》していた。調査団《ちょうさだん》は、リアル鬼《オニ》ごっこに関与《かんよ》していたとされる場所《ばしょ》や、そこにつながる組織《そしき》を次々《つぎつぎ》と洗《あら》い出《だ》していった。調査結果《ちょうさけっか》は各国《かっこく》に共有《きょうゆう》され、国際的《こくさいてき》な圧力《あつりょく》の中《なか》で、日本政府《にほんせいふ》は関係者《かんけいしゃ》を摘発《てきはつ》するという決断《けつだん》を下《くだ》すしかなかった。

杞紗《きさ》は蓮《れん》たちによって拘束《こうそく》されていたが、国際機関《こくさいきかん》に引《ひ》き渡《わた》され、裁判《さいばん》にかけられることになった。彼女《かのじょ》は徹底的《てっていてき》に追及《ついきゅう》され、法《ほう》の裁《さば》きを受《う》けた。死《し》ぬまで監獄《かんごく》の外《そと》に出《で》ることはなさそうだ。

彼女《かのじょ》の手足《てあし》となって動《うご》いていた鬼《オニ》たちは、「リアル鬼《オニ》ごっこをやりたい」という本能《ほんのう》を藤堂《とうどう》によって削除《さくじょ》され、杞紗《きさ》の支配《しはい》から解放《かいほう》された。そして自《みずか》らの意思《いし》で、それぞれの能力《りょく》を生《い》かして社会《しゃかい》で新《あら》たな生活《せいかつ》を始《はじ》めることになった。彼《かれ》らに与《あた》えられた苗字《みょうじ》は「佐藤《さとう》」。かつてのリアル鬼《オニ》ごっこの中《なか》で絶滅《ぜつめつ》したはずの苗字《みょうじ》が、再《ふた》び日本《にほん》において増《ふ》え始《はじ》めるかもしれない。

リアル鬼《オニ》ごっこの闇《やみ》が暴《あば》かれ、国際社会《こくさいしゃかい》の目《め》がそれに向《む》けられたことで、ついにこの悪夢《あくむ》のようなゲームは終焉《しゅうえん》を迎《むか》えたのだ。新《あら》たな時代《じだい》の幕開《まくあ》けと共《とも》に、世界《せかい》は二度《にど》とこのような悲劇《ひげき》が繰《く》り返《かえ》されないことを誓《ちか》った。

しかしその誓《ちか》いにたどり着《つ》くまでには、六人《ろくにん》の少年少女《しょうねんしょうじょ》の大《おお》いなる活躍《かつやく》があったことは、世間《せけん》には知《し》られていない。

蓮《れん》、花《はな》、蒼太《そうた》、真里穂《まりほ》、玲央《れお》、一葉《いちは》——彼《かれ》らが共《とも》に戦《たたか》い、絶望《ぜつぼう》を乗《の》り越《こ》えて自由《じゆう》を勝《か》ち取《と》ったことを知《し》る者《もの》は、ごくわずかだ。

そして数年《すうねん》の月日《つきひ》が流《なが》れ——。

真夏《まなつ》の沖縄《おきなわ》には、透《す》き通《とお》るような青空《あおぞら》が広《ひろ》がっていた。

陽光《ようこう》が穏《おだ》やかに降《ふ》り注《そそ》ぐ、離島《りとう》のリゾートホテル。白砂《しらすな》のプライベートビーチではヤシの木々《きぎ》がそよ風《かぜ》に揺《ゆ》れ、心地《ここち》よい木陰《こかげ》をつくり出《だ》している。澄《す》んだエメラルドグリーンの海《うみ》が優《やさ》しく波打《なみう》ち、遠《とお》くには水平線《すいへいせん》が青《あお》く染《そ》まっている。

インフィニティプールに面《めん》したラウンジでは、紗季《さき》、清人《きよと》、そして玲央《れお》の三人《さんにん》が、のんびりと潮風《しおかぜ》に吹《ふ》かれていた。

清人《きよと》は、足《あし》を伸《の》ばしてデッキチェアに身《み》を預《あず》け、スマホをいじっている。玲央《れお》は、カクテルグラスを片手《かたて》に持《も》ち、紗季《さき》はビーチタオルを膝《ひざ》にかけて座《すわ》りながら、とりとめもない話《はなし》をしていた。

「お。藤堂《とうどう》、ニュースになってるぞ」

清人《きよと》がふいにつぶやいて、玲央《れお》たちにスマホの画面《がめん》を見《み》せた。藤堂《とうどう》と、ナナたちクローンによる研究《けんきゅう》が、大《おお》きな成果《せいか》をあげたというニュース記事《きじ》が表示《ひょうじ》されている。

「まさかナナと藤堂《とうどう》が共同《きょうどう》で研究《けんきゅう》してるなんてね。ナナのやつ、昔《むかし》は藤堂《とうどう》のこと、大《だい》っ嫌《きら》いだったのに」

紗季《さき》が肩《かた》をすくめて言《い》う。

「意外《いがい》といえば、一葉《いちは》も。とうとう八尋《やしろ》と婚約《こんやく》したらしいよ」

玲央《れお》の言葉《ことば》に、紗季《さき》は「えーっ！」と目《め》を丸《まる》くした。

「ＳＮＳ上《エスエヌエスじょう》で公開《こうかい》プロポーズされて、あんなに文句《もんく》言《い》ってたのに。結局《けっきょく》、婚約《こんやく》したんだ？」

「まああれは、プロポーズのやり方《かた》に怒《おこ》ってただけだから。八尋《やしろ》のことは最初《さいしょ》から大事《だいじ》に思《おも》ってたはずだよ」と、玲央《れお》。

「八尋《やしろ》のやつ、百万人《ひゃくまんにん》が見守《みまも》る中《なか》で自分《じぶん》がフラれるなんて思《おも》ってなかっただろーなー」

清人《きよと》が悪《わる》い笑顔《えがお》でククッと喉《のど》を鳴《な》らした。

ついこの間《あいだ》、八尋《やしろ》は百本《ひゃっぽん》のバラを用意《ようい》して一葉《いちは》にプロポーズをした。一葉《いちは》は照《て》れ臭《くさ》そうにしながらも一度《いちど》はそのプロポーズを受《う》け入《い》れたのだが、実《じつ》はその様子《ようす》はネットで生配信《なまはいしん》されていた。派手《はで》好《ず》きの八尋《やしろ》がプロポーズ企画《きかく》として勝手《かって》にやったことだ。

一葉《いちは》は「プロポーズは人前《ひとまえ》でするもんじゃない」と怒《おこ》り、バラを八尋《やしろ》に突《つ》き返《かえ》して、そのまま立《た》ち去《さ》ってしまった。必死《ひっし》に一葉《いちは》を追《お》いかけ平謝《ひらあやま》りする八尋《やしろ》の姿《すがた》は、百万人《ひゃくまんにん》を超《こ》える視聴者《しちょうしゃ》にしっかり配信《はいしん》され、いまだに切《き》り取《と》り動画《どうが》が定期的《ていきてき》にSNS《エスエヌエス》でバズっている。

どうなることかと思《おも》ったが、無事《ぶじ》に婚約《こんやく》したのなら何《なに》よりだ。

と、その時《とき》、スタッフに案内《あんない》されて、二人組《ふたりぐみ》がラウンジへと入《はい》って来《き》た。

「玲央《れお》さん、久《ひさ》しぶり。清人《きよと》さんと紗季《さき》さんも、お招《まね》きありがとうございます」

「なんか来《き》ちゃったけど……ほんとによかった？」

花《はな》と蓮《れん》が、玲央《れお》たちの招待《しょうたい》でホテルに遊《あそ》びに来《き》たのだ。

二人《ふたり》を見《み》るなり、紗季《さき》はうれしそうに立《た》ち上《あ》がった。

「あー！　二人《ふたり》とも、来《き》てくれてありがとう！」

「こちらこそ。飛行機代《ひこうきだい》まで出《だ》してもらっちゃって、ありがとうございます」

花《はな》がぺこっと頭《あたま》を下《さ》げると、紗季《さき》は「いいって、いいってー！」と手《て》のひらを振《ふ》った。

「どうせ清人《きよと》は、お金余《かねあま》ってるから！」

「そうそう。俺《おれ》、金余《かねあま》ってるから」

平然《へいぜん》と言《い》う清人《きよと》と、当《あ》たり前《まえ》のような顔《かお》をしている紗季《さき》の顔《かお》を、蓮《れん》は順番《じゅんばん》におずおずと見比《みくら》べた。

「……あのさ。二人《ふたり》って、もしかして、付《つ》き合《あ》ってる?」

「は? なんで」

「付《つ》き合《あ》ってないよ。なんでそう思《おも》うの?」

清人《きよと》と紗季《さき》に即座《そくざ》に聞《き》き返《かえ》され、蓮《れん》は頭《あたま》をかいた。

「いや……紗季《さき》さんが清人《きよと》さんのお金《かね》を自由《じゆう》に使《つか》ってるってことは、そういうことなのかなーと」

「まさかー。友達《ともだち》よ、友達《ともだち》」

紗季《さき》はあっけらかんとした様子《ようす》で笑《わら》い飛《と》ばした。清人《きよと》も「むしろ、友達《ともだち》以外《いがい》の何者《なにもの》でもないだろ」と、不思議《ふしぎ》そうにしている。

そういうもんなのか……。異性《いせい》の友達《ともだち》って、俺《おれ》にはよくわかんないな……。

蓮《れん》は二人《ふたり》の正面《しょうめん》のソファに腰《こし》を下《お》ろし、やわらかなクッションに身体《からだ》を預《あず》けた。

リアル鬼《オニ》ごっこが終《お》わってからの日々《ひび》は、息《いき》をつく暇《ひま》もないほど忙《いそが》しかった。国際機関《こくさいきかん》の調査《ちょうさ》に協力《きょうりょく》したり、杞紗《きさ》の裁判《さいばん》で証言《しょうげん》をしたりと、緊張感《きんちょうかん》の続《つづ》く仕事《しごと》が続《つづ》いていた。今《いま》こうして、玲央《れお》や花《はな》と一緒《いっしょ》にリゾートのラウンジに座《すわ》っていることが、なんだか夢《ゆめ》を見《み》ているみたいな不思議《ふしぎ》な気分《きぶん》だ。

その日《ひ》の夜《よる》は、清人《きよと》が貸《か》し切《き》りにしたヴィラのリビングで、オリンピックの試合《しあい》を観戦《かんせん》した。

「いけー！　蒼太《そうた》！」

「ぶっぱなせー！！！」

画面《がめん》に映《うつ》し出《だ》されるのは、蒼太《そうた》が華麗《かれい》な動《うご》きで障害物《しょうがいぶつ》を次々《つぎつぎ》とクリアしていく姿《すがた》。今回《こんかい》からパルクールがオリンピックの競技《きょうぎ》に加《くわ》わり、蒼太《そうた》は日本代表《にほんだいひょう》として出場《しゅつじょう》しているのだ。

自由自在《じゆうじざい》に壁《かべ》をのぼる蒼太《そうた》の姿《すがた》が、蓮《れん》はなんだかうれしかった。

やっぱり蒼太《そうた》は、こうやって自由《じゆう》にパルクールをしている姿《すがた》が、一番《いちばん》よく似合《にあ》う。

「やった！　一位《いちい》だ！」

玲央《れお》が拳《こぶし》を握《にぎ》りしめ、興奮《こうふん》した様子《ようす》で叫《さけ》んだ。

テレビに表示《ひょうじ》された蒼太《そうた》のタイムは、全選手中《ぜんせんしゅちゅう》、ぶっちぎりの一位《いちい》。金《きん》メダル確定《かくてい》のタイムだった。

「やったー！　蒼太《そうた》さん、すごーい！」

花《はな》は両手《りょうて》を打《う》ち鳴《な》らして叫《さけ》び、紗季《さき》と清人《きよと》もそろって拳《こぶし》を握《にぎ》りしめてガッツポーズをしている。

「あ、そろそろアーチェリーも始《はじ》まるな」

勝利《しょうり》の余韻《よいん》に浸《ひた》る暇《ひま》もなく、玲央《れお》はすぐさまリモコンを手《て》に取《と》り、チャンネルを替《か》えた。

真里穂《まりほ》が出場《しゅつじょう》するアーチェリーの試合《しあい》も、同時刻《どうじこく》に行《おこな》われているのだ。

テレビ画面《がめん》に、弓《ゆみ》を手《て》に立《た》つ真里穂《まりほ》の姿《すがた》が映《うつ》し出《だ》される。

真里穂《まりほ》は、他《ほか》の選手《せんしゅ》が身《み》に着《つ》けているサングラスや日《ひ》よけの帽子《ぼうし》などを一切《いっさい》使《つか》わず、身体《からだひと》一つで競技《きょうぎ》に挑《いど》んでいた。最低限《さいていげん》の道具《どうぐ》しか使《つか》わない、その潔《いさぎよ》い姿《すがた》はネットで「無課金姉《むかきんねえ》さん」と呼《よ》ばれ、人気《にんき》を博《はく》しているらしい。

「真里穂《まりほ》ー!!」

蓮《れん》は思《おも》わず立《た》ち上《あ》がり、テレビに向《む》かって声《こえ》を張《は》り上《あ》げた。

「頑張《がんば》れ――!!」

花《はな》や玲央《れお》も負《ま》けじと声援《せいえん》を送《おく》る。

真里穂《まりほ》は弓《ゆみ》を構《かま》え、指《ゆび》を弦《げん》にかけた。

蓮《れん》たちは、矢《や》が放《はな》たれる瞬間《しゅんかん》を、息《いき》をのんで見守《みまも》った。

放《はな》たれた矢《や》が空《くう》を切《き》る。

向《む》かっていく先《さき》にあるのは、恐《おそ》ろしい鬼《オニ》やクローンなどではなく、色分《いろわ》けされたただの的《まと》だ。

矢《や》が真《ま》ん中《なか》に突《つ》き刺《さ》さると、蓮《れん》たちはまるで自分《じぶん》たちが戦《たたか》いに勝利《しょうり》したかのように、お互《たが》いにハイタッチを交《か》わし合《あ》った。

「やったー!!」

「真里穂《まりほ》さん、すごーい!!」

リアル鬼《オニ》ごっこで共《とも》に戦《たたか》い抜《ぬ》き、その後《ご》もずっと、お互《たが》いに支《ささ》え合《あ》ってきた大切《たいせつ》な友達《ともだち》。

平和《へいわ》な日々《ひび》が戻《もど》り、それぞれの生活《せいかつ》が戻《もど》って来《き》ても、みんなで一緒《いっしょ》にいられることが、
蓮《れん》は何《なに》よりもうれしかった。

The game is OVER.

※本作品は「リアル鬼ごっこ」（幻冬舎文庫／小学館ジュニア文庫）を原案としたものです。

次はどれにする？　おもしろくて楽しい新刊が、続々登場!!

〈ゾクッとするホラー＆ミステリー〉

1話3分 こわい家、あります。 くらやみくんのブラックリスト 全3巻

絶滅クラス！ ～暴走列車から脱出しろ！～

謎解きはディナーのあとで 全3巻

リアル鬼ごっこ
リアル鬼ごっこ リプレイ
リアル鬼ごっこ セブンルールズ
リアル鬼ごっこ リバースウイルス
リアル鬼ごっこ ラブデスゲーム
リアル鬼ごっこ ファイナル(上)

リアル鬼ごっこ ファイナル(下)

ニホンブンレツ(上)(下)

ブラック

リアルケイドロ 捜査ファイル01 渋谷編 逃亡犯を追いつめろ！

★小学館ジュニア文庫★ ワクワク、ドキドキがいっぱいのラインナップ

〈みんな読んでる「ドラえもん」シリーズ〉

小説 映画ドラえもん のび太と緑の巨人伝
小説 映画ドラえもん のび太の人魚大海戦
小説 映画ドラえもん のび太と奇跡の島
小説 映画ドラえもん のび太のひみつ道具博物館

小説 映画ドラえもん のび太の宇宙英雄記
小説 映画ドラえもん のび太の南極カチコチ大冒険
小説 映画ドラえもん のび太の宝島
小説 映画ドラえもん のび太の月面探査記
小説 映画ドラえもん のび太の新恐竜
小説 映画ドラえもん のび太の宇宙小戦争 2021
小説 映画ドラえもん のび太と空の理想郷
小説 映画ドラえもん のび太の地球交響楽

小説 STAND BY ME ドラえもん

小説 STAND BY ME ドラえもん 2
ドラえもん 5分でドラ語り ことわざひみつ話
ドラえもん 5分でドラ語り 四字熟語ひみつ話
ドラえもん 5分でドラ語り 故事成語ひみつ話

〈大好き！ 大人気まんが原作シリーズ〉

小説 アオアシ 全5巻

小説 青のオーケストラ 1
小説 青のオーケストラ 2
小説 青のオーケストラ 3

いじめ 全11巻
おはなし 猫ピッチャー 全2巻
学校に行けない私たち
思春期♡革命 ～カラダとココロのハジメテ～ 全8巻
12歳。 アニメノベライズ ～ちっちゃなムネのトキメキ～

次はどれにする？　おもしろくて楽しい新刊が、続々登場!!

小説　二月の勝者　―絶対合格の教室―
小説　二月の勝者　―絶対合格の教室―　春夏の陣
小説　二月の勝者　―絶対合格の教室―　秋の陣
小説　二月の勝者　―絶対合格の教室―　決戦開幕
（小説　二月の勝者　―絶対合格の教室―　不屈の熱戦）

人間回収車　全3巻
はろー!!　マイベイイビー
はろー!!　マイベイイビー2
はろー!!　マイベイイビー3
はろー!!　マイベイイビー4

ブラックチャンネル　動画クリエイターが悪魔だった件
ブラックチャンネル　鬼ヤバ動画がブラック校則をあばいた件
ブラックチャンネル　異世界では鬼ヤバ動画の撮れ高サイコーな件

小説　柚木さんちの四兄弟。1

小説　柚木さんちの四兄弟。2

〈時代をこえた面白さ!!　世界名作シリーズ〉

小公女セーラ
小公子セドリック
トム・ソーヤの冒険
フランダースの犬
オズの魔法使い
坊っちゃん

家なき子
あしながおじさん
赤毛のアン（上）（下）
ピーターパン
宝島

★小学館ジュニア文庫★ ワクワク、ドキドキがいっぱいのラインナップ

〈「華麗なる探偵アリス&ペンギン」シリーズ〉

華麗なる探偵アリス&ペンギン
華麗なる探偵アリス&ペンギン ワンダー・チェンジ!
華麗なる探偵アリス&ペンギン ミラー・ラビリンス
華麗なる探偵アリス&ペンギン サマー・トレジャー
華麗なる探偵アリス&ペンギン トラブル・ハロウィン
華麗なる探偵アリス&ペンギン ペンギン・パニック!
華麗なる探偵アリス&ペンギン ミステリアス・ナイト
華麗なる探偵アリス&ペンギン アリスVS.ホームズ!
華麗なる探偵アリス&ペンギン アラビアン・デート
華麗なる探偵アリス&ペンギン パーティ・パーティ
華麗なる探偵アリス&ペンギン ホームズ・イン・ジャパン

華麗なる探偵アリス&ペンギン ウィッチ・ハント!
華麗なる探偵アリス&ペンギン ファンシー・ファンタジー
華麗なる探偵アリス&ペンギン リトル・リドル・アリス
華麗なる探偵アリス&ペンギン ゴースト・キャッスル

華麗なる探偵アリス&ペンギン ウエルカム・ミラーランド
華麗なる探偵アリス&ペンギン ウィッシュ・オン・ザ・スターズ
華麗なる探偵アリス&ペンギン ダンシング・グルメ
華麗なる探偵アリス&ペンギン ペンギン・ウォンテッド!
華麗なる探偵アリス&ペンギン キャッツ・イン・ザ・スカイ
華麗なる探偵アリス&ペンギン スパイ・スパイ
華麗なる探偵アリス&ペンギン ハッピー・ホラー・ショー
華麗なる探偵アリス&ペンギン スイーツ・モンスターズ

華麗なる探偵アリス&ペンギン イッツ・ショータイム!

〈ジュニア文庫でしか読めないおはなし!〉

愛情融資店まごころ 全3巻
アズサくんには注目しないでください!
あの日、そらですきをみつけた
いじめ 14歳のMessage
おいでよ、花まる寮!
オオカミ神社におねがいっ! 姫巫女さまの大事件
オオカミ神社におねがいっ! 姫巫女さまの宝さがし
お悩み解決! ズバッと同盟 全2巻
緒崎さん家の妖怪事件簿 全4巻
家事代行サービス事件簿 ミタちゃんが見ちゃった!?

彼方からのジュエリーナイト! 全2巻
ギルティゲーム 全6巻
銀色☆フェアリーテイル 全3巻
ぐらん×ぐらんぱ! スマホジャック 全2巻
ここはエンゲキ特区!

さくら×ドロップ　レシピ1：チーズハンバーグ
ちえり×ドロップ　レシピ1：マカロニグラタン
みさと×ドロップ　レシピ1：チェリーパイ
さよなら、かぐや姫～月とわたしの物語～
12歳の約束
シュガーココムー　小さなお菓子屋さんの物語～たいせつなきもち～

白魔女リンと3悪魔　全10巻
世界中からヘンテコリン!?　世にも不思議なおみやげ図鑑　メキシコ&フィンランド編
ぜんぶ、藍色だった。
そんなに仲良くない小学生4人は謎の島を脱出できるのか!?
探偵ハイネは予言をはずさない
探偵ハイネは予言をはずさない　ハウス・オブ・ホラー
探偵ハイネは予言をはずさない　デートタイム・ミステリー
探偵ハイネは予言をはずさない　スクール・ゴースト・バスターズ
探偵ハイネは予言をはずさない　ファントム・エイリアン

転校生 ポチ崎ポチ夫
天才発明家ニコ&キャット　全2巻
TOKYOオリンピック はじめて物語
猫占い師とこはくのタロット
のぞみ、出発進行!!
初恋×ヴァンパイア
初恋×ヴァンパイア　波乱の学園祭!?
パティシエ志望だったのに、シンデレラのいじわるな姉に生まれ変わってしまいました！
大熊猫ベーカリー　全2巻
姫さまですよねっ!?　姫さまVS.暴君殿さまVS.忍者 大坂城は大さわぎ！
姫さまですよねっ!?弐　でっど or あらいぶ！ 竜宮城で大ピンチの極み!!
姫さまですよねっ!?参　姫さまVS.謎の姫君！ でんじゃらすガチバトルDEATH!!

ホルンペッター
ぼくたちと駐在さんの700日戦争　ベスト版　闘争の巻

三つ子ラブ注意報！　モテ男子の目黒くんたちと一緒に住むことになりまして
三つ子ラブ注意報！　モテ男子目黒くんたちの甘すぎる溺愛バトル!?
三つ子ラブ注意報！　モテ男子の目黒くんたちに告白されちゃいました
見習い占い師 ルキは解決したい!!　友情とキセキのカード
ミラクルへんてこ小学生 ポチ崎ポチ夫
メチャ盛りユーチューバーアイドルいおん☆
メデタシエンド。　全2巻
ゆめ☆かわ ここあのコスメボックス　全6巻
4分の1の魔女リアと真夜中の魔法クラス　全3巻
レベル1で異世界召喚されたオレだけど、攻略本は読みこんでます。
レベル1で異世界召喚されたオレだけど、なぜか新米魔王やってます
訳ありイケメンと同居中です!!　推し活女子、俺様王子を拾う

わたしのこと、好きになってください。

次はどれにする？　おもしろくて楽しい新刊が、続々登場!!

★小学館ジュニア文庫★ ワクワク、ドキドキがいっぱいのラインナップ

〈みんな大好き♡ディズニー作品〉

アナと雪の女王 ～同時収録 短編 エルサのサプライズ～
アナと雪の女王2
アナと雪の女王 ～ひきさかれた姉妹～
あの夏のルカ
アラジン
インサイド・ヘッド2
ウィッシュ

カーズ
クルエラ
ジャングル・ブック
ズートピア
ストレンジ・ワールド もうひとつの世界
ソウルフル・ワールド
ダンボ
ディズニーツムツムの大冒険 全2巻
ディズニーヴィランズのこわい話 アースラ 悪夢の契約書
ディズニーヴィランズのこわい話 フック船長 12歳、永遠の呪い
ディセンダント 全3巻
トイ・ストーリー
トイ・ストーリー2
塔の上のラプンツェル
ナイトメアー・ビフォア・クリスマス
2分の1の魔法
眠れる森の美女 ～目覚めなかったオーロラ姫～
バズ・ライトイヤー
美女と野獣 ～運命のとびら～（上）（下）
ピノキオ
ファインディング・ドリー
ファインディング・ニモ
ベイマックス

マイ・エレメント

マレフィセント2 ～同時収録 マレフィセント～
ミラベルと魔法だらけの家
ムーラン
モンスターズ・インク
モンスターズ・ユニバーシティ
ラーヤと龍の王国
ライオン・キング
リトル・マーメイド
私ときどきレッサーパンダ
わんわん物語

〈全世界で大ヒット中！　ユニバーサル作品〉

怪盗グルーの月泥棒
怪盗グルーのミニオン危機一発
怪盗グルーのミニオン大脱走
怪盗グルーのミニオン超変身

ジュラシック・ワールド　炎の王国
ジュラシック・ワールド　O　悲劇の王国
ジュラシック・ワールド　新たなる支配者
ジュラシック・ワールド　サバイバル・キャンプ
ジュラシック・ワールド　サバイバル・キャンプ2
SING　シング
SING　シング　―ネクストステージ―

ボス・ベイビー
ボス・ベイビー　ファミリー・ミッション

ボス・ベイビー　～ビジネスは赤ちゃんにおまかせ～　1～2
ミニオンズ
ミニオンズ　フィーバー

〈たくさん読んで楽しく書こう！　読書ノート〉

アナと雪の女王2　読書ノート
すみっコぐらしの読書ノート
すみっコぐらしの読書ノート　ぱーと2
くまのプーさん　読書ノート

コウペンちゃん読書ノート
ドラえもんの夢をかなえる読書ノート
名探偵コナン読書ノート

次はどれにする？　おもしろくて楽しい新刊が、続々登場!!

Shogakukan Junior Bunko

★小学館ジュニア文庫★
リアル鬼ごっこ　ファイナル（下）

2024年11月27日　初版第1刷発行

著者／江坂 純
原案・監修／山田悠介
イラスト／さくしゃ2

発行人／村山 広
編集人／加納由樹
編集／山口久美子

発行所／株式会社　小学館
〒101-8001　東京都千代田区一ツ橋2－3－1
電話／編集　03-3230-5466
販売　03-5281-3555

印刷・製本／中央精版印刷株式会社

デザイン／石沢将人＋ベイブリッジ・スタジオ

★本書の無断での複写（コピー）、上演、放送等の二次利用、翻案等は、著作権法上の例外を除き禁じられています。本書の電子データ化などの無断複製は著作権法上の例外を除き禁じられています。代行業者等の第三者による本書の電子的複製も認められておりません。
★造本には十分注意しておりますが、印刷、製本など製造上の不備がございましたら、「制作局コールセンター」（フリーダイヤル0120-336-340）にご連絡ください。
（電話受付は土・日・祝休日を除く9:30～17:30）

©Jun Esaka 2024　©Yusuke Yamada 2024　©Sakusya2 2024
Printed in Japan　　ISBN 978-4-09-231498-6